29살,
나는 내 인생을 살기로 했다

29살,
나는 내 인생을 살기로 했다

윤재백 지음

harmonybook

프롤로그

29살, 인생을 완전히 새롭게 시작하는, 그리고 도전하는 한 청년의 투박하지만, 어설프지만, 화려하지 않지만, 앞뒤가 맞지 않지만, 그럼에도 진실 되고, 진정성 있고, 참되고, 열정적인 이야기하고 싶습니다. 대단하고 화려하지 않지만, 또한 제 이야기가 엄청나고 경이로운 이야기는 아니겠지만 그럼에도 불구하고 온전히 내 인생을 살아가겠다고 원하는 대로 선택하고 행동하며 개척하며 살아가는 한 청년의 이야기를 책에 담았습니다. 우리는 각자 가지고 있는 다양한 이유(가정환경, 경제적 상황, 건강, 학교, 학과 등)로 인해 우리가 원하는 인생이 아닌 프레임 속에서 벗어나지 못하고 그 속에 갇혀 살아가고 있는 사람들이 많습니다. 제 경험을 통해 작은 프레임에서 나와 이제는 온전히 내 삶의 주인으로써 인생을 살아가는 이야기를 공유하며 '선택하면 모든 것은 끝이다'는 메세지와 함께 도전을 통해 꿈을 현실로 만드는 이야기를 하고자 합니다. 2주의 준비기간(울릉도&제주도), 2주 안에 1) 출판사 계약, 2) 사진전 개최, 3) 강연 등 꿈만 꾸고 상상했던 것들 모두 현실로 이뤄나가며 매일매일 살고 있습니다.

　2주 동안 제주도 234km 걷고 한라산 정상등반 및 울릉도 64km
를 걷고 성인봉 정상 등정을 다녀옴과 동시에 다음 2주 동안 책 출
판사 계약, 사진전 개최, 강연의 꿈을 이뤘습니다. 짧은 시간 안에
꿈만 꾸고 상상했던 이 모든 것들을 현실에서 모두 이뤄냈습니다.
제가 실력이 있어서, 준비되어서, 대단해서 할 수 있다는 것이 아니
라 꿈꾸고 행동계획대로 행동했기 때문에 원하는 위대한 목적지로
계속 나아가고 있다는 메시지를 주고 싶습니다. 할 수 없는 이유는
넘쳐나는데 그럴 때마다 그것을 다 따르면 어떻게 될까요? 결국, 위
대한 사람만이 목표를 이룰 수 있을 겁니다. 반대로 이야기하자면
그렇지 않은 사람은 아무것도 하지 못한다는 의미가 됩니다.

　꿈꾸는 것들을 2주 안에 모두 이뤄낸 경험을 통해 여러분들에게
용기와 사람들의 생각을 전환하고 사고의 확장을 하며 생각만 했던
것들을 실제로 도전할 수 있는 계기가 되길 기대합니다.

차례

Part 2. 29살 나는 내 인생을 살기로 했다

차례

Part 3. 꿈꾸는 삶을 살아가다

Part 1.

"엄마, 내가 반드시 지킨다"

사람들이 나를 표현할 때 보통 3가지로 이야기한다.

1. 신기하다. 2. 실행력이 좋다. 3. 원하는 대로 하고 싶은 대로 산다.

1. 신기하다.

맞다. 나는 정말 신기하다. 오랜만에 친구와 전화를 하면 난 항상 다른 것들을 하고 있었다. 항공조종사를 준비했고 공장, 마케팅 회사에서 일하고 사업을 했었다. 그리고 지금은 완전히 새로운 다른 삶을 살아가고 있다.

2. 실행력이 좋다.

이거 또한 맞다. 나는 실행력이 좋다. 그런데 원래부터 실행력이 좋았던 건 아니었고 어떠한 상황에서도 할수 밖에 없었고 해내야만 했었다.

3. 원하는 대로 하고 싶은 대로 산다.

그때 내가 할 수 있었던 최선의 선택을 했다. 내가 맞다고 생각하는 방향으로 나아갔고 그렇게 내가 원하는 인생을 살았다.

축구와 게임만 했던 나는 한 사건에 의해 변해야만 했다. '엄마를 지켜야 한다'는 그 작은 불씨가 내 인생 전체를 송두리째 변화시켰다.

#18살, 내 인생 가장 슬픈 순간

학교 끝나고 집에 있는데 집으로 걸려온 전화 한 통. 외국 출장을 간 아빠가 호텔에서 쓰러지셨다는 전화, 가족들이 거실에 둘러앉아 몇 날 며칠을 전화기만 바라보고 언제 울릴지도 모를 전화만을 기다렸다. 혹여나 아빠가 살아 돌아오실까 희망을 갖고 누나와 함께 컴퓨터 앞에 앉아 아빠가 한국으로 돌아오면 어떻게 돌봐야 하는지 회복하려면 좋은 음식은 어떤 것들이 있는지 찾아보곤 했었다.

아버지는 뇌출혈로 그 자리에서 그 순간 바로 돌아가셨다. 함께 출장 간 회사 동료분들은 우리 가족을 안정시킨다며 아빠 상태가 호전되기도 했다가 나빠진다고도 했지만 결국 회복되지 못했다. 마지막 아빠 임종을 지켜보기 위해 가족들이 모두 아빠가 있는 슬로바키아 병원으로 향했다. 슬로바키아라는 나라에서는 뇌사판정을 받으면 호흡기를 바로 뗀다고 했지만, 병원 측에서 우리나라 문화를 이해해주셔서 가족들이 올 때까지 기다렸고 가족들이 모두 모인 자리에서 아버지 마지막 임종을 지켜보게 되었다. 이날이 내 인생에서 가장 슬픈 날이다.

#아빠라는 존재

    평일에 일하고 주말에 할머니 집 들어가서 일하고 너무나도 바쁘셨던 아빠는 내게 정말 친구 같은 존재였다. 내겐 항상 따뜻했고 잘 놀아줬다. 누나랑은 더 잘 지냈기에 하루아침에 변해버린 현실이 너무나도 충격적으로 다가왔고 믿을 수 없었다. 예절 인성을 가장 중요하게 생각하는 아빠는 '인사'는 사람들에게 기분 좋은 하루를 선물해주는 가장 쉽고 돈이 들지 않는 방법이라고 항상 말씀하셨다. 어른들 공경하는 모습, 길거리 쓰레기 줍기, 사회적 약자를 보면 그냥 지나치지 못하고 먼저 나서서 돕는 등 말보다는 직접 행동하는 모습을 보여 주셨고 그 모습을 보며 자랐다. 무엇보다도, 인간이 되지 않았는데 공부를 잘하는 것은 위험하다며 가장 중요하게 생각하신 것이 '인간 됨'이었다. 이때의 가르침이 현재 나를 예의 바른 사람으로 만들었다.

    갑작스럽게 찾아온 아빠의 죽음이라 큰 충격에 그때의 현실을 믿을 수가 없었다. 그 당시 눈물이 나지 않았다. 또한, 주변에서 '울지 마'라고 했다. 울면 아빠가 슬퍼한다고 울면 안 된다고. 슬프면 울어야 하는 건데, 그때 펑펑 울었어야 했는데. 내 감정에 솔직하는 게 맞았는데.

　하루아침에 바뀌어버린 현실. 아빠의 빈자리, 앞으로 엄마와 누나는 내가 지켜야 한다는 책임감으로 다가왔다. 이제부터 집안엔 남자는 나 혼자였기에 지금부터는 내가 가장이라 생각했고 돈을 벌어야 한다고 생각했다. "나 자퇴하고 돈 벌거야, 엄마." 하지만, 내가 한 그 선택은 엄마를 더 힘들게 하는 거라고 말씀해주셨고 엄마를 더이상 힘들게 하고 싶지 않아 바로 마음을 접었다.

#18살,
내 인생을 송두리째 변화시킨 결정적 사건

　힘든 일은 한꺼번에 닥쳐오는 거라고 하던데, 내 인생을 송두리째 바꾼 결정적 사건이 일어났다. 갑작스럽게 찾아온 누구도 예상하지 못한 아빠의 죽음, 아빠가 돌아가시고 집안 내, 재산싸움이 있었다.

　49제 전날, 할머니, 삼촌 두 분과 고모, 고부모께서 집으로 찾아와 재산 이야기를 했다. 아빠 명의로 되어 있는 재산을 할머니가 다시 가지고 있다가 내가 장남이니 성인이 되면 주겠다고 했다. 거부를 한 엄마에게 삼촌들이 소리 지르며 입에 담지 못할 말을 하며 막말과 폭언을 했다. 안방과 화장실 벽면 사이에 앉아 있던 엄마의 모습, 막말과 폭언을 하는 삼촌들의 모습. 나는 아직까지도 그때 이야기했던 단어 하나하나 기억 속에 선명하게 남아있다. 사회적으로 높은 위치에 있던 삼촌들은 '(자신들의 힘을 이용해)법적으로 집 안을 몰락시키겠다, 사회에 발을 붙이지 못하도록 불이익받게 할 것이다.' 등 입에 담지 못할 막말과 폭언들을 쏟아냈고 그때 그 모습을 지켜본 18살의 나는 이성을 잃었다. 이성을 잃은 나는 삼촌에게 달려들었다. 옆에 있던 삼촌이 달려드는 나를 발견하고 그 모습에 화가나 나에게 달려들어 때리려고 했다. 그 순간 엄마는 달려와서 삼촌을 막아 세우며 내 앞에서 "우리 아들 때리지 마라"라며 차라리 '날 때려라'라고 했고 끝까지 나를 지켜주셨다.

 나는 그 순간 굳게 결심했다.
 '엄마가 나를 지켰던 것처럼, 소중한 우리 엄마 지금부터는 내가 반드시 지키겠다고, 그리고 지금 받은 이 아픔 내가 꼭 보상하겠다고, 그리고 꼭 효도하겠다고'

#'엄마를 지켜야 한다'는 간절함,
    나는 변해야만 했다

다짐은 좋았다. 하지만, 어떻게 해야 하는지 방법을 몰랐다. 무엇보다도 현실과 이상의 차이는 너무나도 컸다. 삼촌들의 벽은 너무나도 높았는데 한 분은 강남 본사에 다니는 대기업 팀장(현 임원), 한 분은 생명공학 쪽에서 전 세계를 다니며 연구했고 한국에 들어온 지는 얼마 되지 않은 기업 사장(현재 기업 대표로 운영)이었다.

지금까지 공부는 해본 적이 없었고 축구, 게임 외에는 해본 것도 없었다. 집에 있는 시간보다 피시방에 있는 시간, 축구 하는 시간이 더 많았던 나였지만 나는 변해야만 했다.

그때까지의 나는 누구보다 나 자신에게 불만이 많은 사람이었다. 공부를 안 했기에 못했고 학생으로서의 본분을 다하지 못한 나의 성적은 항상 꼴찌를 웃돌았다. 자신감이 넘쳤던 초등학생의 윤재백은 공부를 못한다는 단 한 가지 이유만으로 매년 시간이 지나면서 자존감이 걷잡을 수 없을 만큼 지하 끝까지 내려갔다. 중학교 때부터는 안 좋은 생각을 할 정도로 내 자존감은 최악이었다. 그렇게 나는 너무나도 소심한 나로 변해 있었다. 그 당시 나에게 가장 어울렸던 단어는 '열등감', '자격지심', 그리고 '자기 혐오'였고 항상 자신감이 없어 기가 죽어있는 채로 살았다.

과거야 어떻든 나는 정말 너무나도 간절했다. 엄마를 지키기 위해서는 변화하고 싶었고 변해야만 했다. 어떠한 핑계도 용납되지 않았고 어떠한 선택지도 없었다. 그냥 반드시 변화해야만 했다.

더 이상 자존감이 바닥인 나로 살 수 없었고 내버려 둘 수도 없었다. 반드시 변해야만 했기에. 정말이지 이런 나의 소심한 성격으로 변해 있는 나 자신이 너무나도 싫었다. 방법은 몰랐지만 정말 간절히 나를 바꾸고 싶었다.

#첫 선택, 공부

고등학교 자퇴를 포기하고 내가 그 당시 할 수 있었던 최선의 선택이자 첫 번째 선택은 '공부'였다. 중학교 3년 내내 부진 학생 수업을 들었고, 고등학교에서 수준별 수업은 항상 C반(A,B,C반으로 수준 별로 나뉨)에서 수업했다. 성적이 항상 꼴찌였던 나는 고3 담임선생님 도움을 받아 처음으로 영어공부를 시작했는데 매 쉬는 시간마다 단어를 체크 해주시는 고3 담임 선생님의 도움으로 정말 열심히 공부했다.(지금 생각해보면 50분의 수업에서 에너지를 모두 쓰고 돌아오셔서 10분 동안 쉬셔야 했는데 단어체크 해주신 선생님의 관심과 사랑이 없었다면 시작조차도 하지 못했을 것이다. 정말 감사드립니다.) 관심과 사랑을 주시는 선생님께 너무 감사해 처음 받아보는 그 관심에 보답하기 위해 모든 수업시간을 활용해 300개 이상의 영어단어를 매일 외웠다. 그 당시 아는 단어가 300개 중에 10개도 안 되었기에 정말 열심히 했다. 이렇게 나는 처음으로 공부라는 걸 하게 되었다.

결과는 좋지 않았다. 지금까지 공부를 한 적도 없고 아는 게 없어 시험 칠 때면 다 찍어서 받았던 10~30점 영어점수가 2달~3달 만에 30~50점대로 올랐지만, 지혜가 없어 끈기가 부족했고 무지했던 나는 그 성과에 만족하지 못했다. 단기간에 내 기대만큼 점수가 오르지 않아 바로 포기했다. 그때 받은 성적도 대단한 것이었지만 공부를 해 본 경험이 없었기에 그 사실을 몰랐다. 결국, 수시를 넣은 6개의 학교 모두 낙방했고, 수능 6~8등급을 받으며 정시로 지원한 학교에 다 떨어지며 후보로 남았다. 마지막 후보였던 내가 입학 등록 마지막 날 대학교에 합격통지를 받으며 가까스로 대학에 입학할 수 있었다. 뜻이 있어서 간 것이 아니었고 남들이 다 가니까 나도 대학에 입학했다. 나의 첫 도전이자 공부는 그렇게 실패로 끝이 났다.

#허울 좋은 울타리

공부는 포기했지만 내 마음 한켠에는 항상 '성공'이라는 단어가 마음 깊숙하게 자리하고 있었다. 더 정확하게는 엄마를 지키기 위해서는 최소 대기업과 기업의 임원, 사장으로 계신 삼촌들은 넘어야 한다는 명확한 삶의 최소 기준이 있었다. 엄마를 지켜야 했고 상처받은 엄마에게 보상해주고 효도하기 위해서는 성공이 필요했다. 그때만 해도 내가 성공할 때까지, 내가 힘이 생겨 우리 가족을 지킬 수 있을 때까지 아무 일이 일어나지 않기를 매번 바라며 성공이 정확히 뭔지도 몰랐지만 나는 성공을 갈망했다.

성공하고 싶었지만, 방법을 몰랐던 나는 정말 단순했다. 네이버에 '성공하는 법'을 검색해보았다. 지금 생각해보면 귀엽지만, 그때 내가 할 수 있는 최선의 방법이었다. 검색 결과, '좋아하는 일을 하라'고 하더라.

'좋아하는 일⋯?'

아버지의 사업실패로 가정환경이 좋지 않았고 상처와 힘든 경험, 슬픈 일이 있었지만 나는 스스로를 행복한 사람이라 여겼다. '가족들 사랑받고 밥 먹을 수 있고 주변에 소중한 사람들이 있으니까 나는 행복한 사람이구나.' 그러면 내가 가진 이 행복을 남들도 느낄 수 있게 해야겠네.' 그렇게 나는 '남들을 도울 때 가장 행복한 사람이구나'라는 결말에 도달했다.

그때 당시 내가 생각한 세 가지 방법은,

첫째, '업'으로 삼기. 둘째, '자원봉사'. 셋째, '기부'.

남을 돕는 방법에는 이와 같은 3가지 방법이 있다고 생각했다. 동시에 많은 사람을 도와야겠다는 생각을 한 나는 '기부'를 해야 많은 사람을 도울 수 있다는 생각에 미치게 되었다. 기부하기 위해서는 많은 돈을 벌어야 했고 많은 돈을 벌기 위해서는 사업가가 되어 돈을 많이 버는 것이 첫 번째 단계라고 생각했다. 더 나아가, 재단을 설립해 사람들을 돕겠다는 목표를 세웠다.이때부터 나는 돈을 많이 벌어야겠다는 생각을 하면서 살았다. 더 나아가, '선천적으로 결핍을 안고 태어난 아프리카에 있는 아이들을 위해 학교를 지어 교육의 기회를 제공하고 스스로 자립할 수 있는 환경을 만들겠다.'는 구체적인 꿈을 만들었고 꿈을 향한 첫걸음이 시작된 순간이었다.

좋아하는 걸 하면 성공할 수 있다니까 만들었던 꿈, 사실 이 생각이 겉으로는 훌륭했으나 속으로는 좋은 울타리일 뿐 내가 진정으로 원한 것은 삼촌들을 넘어야 한다는 단 하나의 생각밖엔 없었다.

　내 꿈과 목표의 뿌리에는 항상 대기업 삼촌, 기업 사장 삼촌을 최소 기준으로 잡아 반드시 넘어야 한다는 생각으로 가득했다. 동시에 '나는 삼촌들처럼 살지 말아야지.' '나는 약자를 아프게 하지 않고 남들을 도우며 살아야지'라며 내가 계획한 꿈대로 되면 자연스럽게 삼촌들보다 더 행복하게 잘 살게 되는 것이고, 내가 행복하게 잘 사는 것이 결국엔 최고의 복수라 여겼다.

#첫 번째 터닝포인트, 해병대

대학교에 입학해서는 신나게 놀았다. 대학교에 입학했지만 나는 여전히 나 자신을 공부 못하는 아이라고 정의를 내렸고 자존감은 정말 최악이었다. 그뿐만 아니라, 학교 간판에 대한 자격지심, 공부를 잘하는 친구들에 대한 열등감으로 살았다. 친구들이랑 차 렌트를 해서 여행을 많이 다녔고 매일 어떻게 놀지를 궁리하며 대학교 생활을 했다. 13학번까지는 학점 포기가 가능했는데 학점 포기를 하고 나니 1년 동안 내가 대학에서 수강한 과목은 16학점이었고 평균학점은 2.1이었다.

평소 '군대에는 왜 가야 하는 거야?'라는 생각을 갖고 있었지만, 결국 입대해야 한다는 걸 알기에 복무기간이 가장 짧지만 힘들고 빡센 부대를 가서 정신 좀 차리자는 생각이었다. 21개월의 복무기간, 가장 강한 부대가 해병대였다. 해병대에 가면 강해질 것만 같다는 막연한 생각이 있었다. 자신감 없고 소심해진 나 자신이 너무나도 싫었기에 정말 변하고 싶었다. 이런 내가 너무 싫었고 정말 변하고 싶어서 강해지기 위해 해병대에 자원했다.

홈페이지에 들어가서 입대 신청을 누르고 면접을 봤다. 합격통지와 함께 입영날짜가 나왔는데 그렇게 한 달의 시간이 흐른 후 2013년 11월 25일 입대하게 되었다.

#우물 안 개구리, 새로운 세상, 엄청난 기회

첫날, 소대장님들의 엄청난 카리스마, 훈련, 기합 난 직감했다.
"아, 잘못 왔구나."

여기에는 소심하고 자존감이 낮은 나를 아는 사람은 아무도 없었다. 전국에서 모였고 다른 나라에서 살다가 해병대에 자원해 모인 새로운 친구들이었다. 나는 직감했다. 이건 내게 엄청난 기회라고. 이 기회를 활용해 반드시 변해야겠다고. 새롭게 맞이한 환경, 내겐 엄청난 기회였다.

내가 변화하기 위해 세운 첫 번째 철칙은 어떤 상황에서도 '리더가 되는 것'이었다. 리더의 기회가 있으면 "내가 할 수 있을까?, 나는 좋은 학교를 다니지 않는데" 하는 부정적인 생각과 함께 마음이 불편했지만 나는 이 반응을 '지금 내가 행동해야 하는 신호'라 생각하며 일단 손을 들었다. 손을 드니 기회가 찾아왔고 먼저 뛰어나가니 리더를 할 수 있었다. 훈련소에서는 '소대장 훈련병', 후반기 교육에서는 '소대장' 직책을 맡으며 나의 진짜 변화는 조금씩 시작되었다.

새로운 것들을 해내니까 거기에 파생되는 좋은 일들이 생기기 시작했다. 리더의 직책을 맡으니 직책 덕분에 동기들 모두와 대화할 기회가 생겼고 다양한 환경에서 자란 친구들과 이야기하며 "나는 우물 안 개구리였구나"라는 것을 깨닫게 된다. 내가 전혀 모르는 새로운 세상에 대해 처음으로 알게 되었다. TV 드라마에만 봤었는데 현실에서 보는 그런 느낌.

어디 회사 회장 아들, 어디 회사 사장 아들, 대기업 임원 아들들은 많고 세계 순위권 대학에 다닌 동기들, 이렇게 내가 알지 못한 세상에서 살아온 새로운 친구들과 많은 대화를 했다. (세계 순위권 대학교에 다니며 세계의 친구들과 경쟁한다는 스토리, 회장 아들이었는데 머리를 식힌다고 아버지께 말씀드려 편지 3장을 썼고 여자친구와 함께 유럽여행을 한 달 동안 다녀온 이야기, 휴가 나가서 클럽에서 1,200만 원을 쓰고 아빠에게 혼났다는 선임 등) 정말 다양한 친구들을 만나며 '내가 보고 알고 있는 세상은 정말 단편적이었고 너무나도 작았다는 것을 처음 알게 되었다.

#내 인생을 바꾼 습관, 책

　나는 백령도에 자대배치를 받았고 북한이 보이는 초소에서 경계 근무를 위주로 군 생활을 했다. 근무가 끝나면 생활실로 돌아가 막내로써 해야 하는 일을 가장 먼저 끝냈고 화장실에서 휴식을 취했다. 가장 힘들었던 시절 내게 '쉼'을 준 특별했던 화장실에 대해 이야기 해보자면 화장실은 선임 눈치 안 보고 쉴 수 있었던 안식처였다. 군대 부식으로 빵, 초코파이가 나오면 건빵 주머니에 몰래 넣어 화장실로 들어갔고 혹여나 빵 비닐봉지 뜯는 소리가 날까 엄청 조심하며 빵과 과자를 먹곤 했었다. 가끔은 옆 칸에서 비닐 뜯는 소리가 들렸고 누군지 모르지만 '나랑 똑같구나.' 했다. 그렇게 화장실 쓰레기통에 과자, 빵 봉지들이 버려져 있곤 했다. 나뿐만 아니라 많은 이병 친구들에게 가장 마음 편하게 배고픔을 달랬던 잊을 수 없는 장소다. 한 날은 화장실 받침대에 올려져 있는 책을 우연히 발견했다. '죽을 때 후회하는 스물다섯 가지' 책. 거의 10년 만에 책을 펼쳤다. 초등학교 이후로 읽어본 적 없던 책, 인생은 ~~ 살아야 한다는 인생의 잘 사는 치트키가 적혀있는 거 같았고 그때 그 느낌은 잊을 수가 없다. 책을 가져가서 침상에 숨겼다가 근무 전·후, 시간이 있을 때 화장실에 가서 몰래 한 권의 책을 다 읽었다. 이때를 계기로 책을 읽기 시작했고 일병 말쯤 헤어진 여자친구와의 슬픔을 누구에게 말하고 싶지 않았고 혼자 이겨내기 위해 나는 화장실에 가서 엄청나게 많은 책을 읽기 시작했다. 그때 헤어짐은 큰 상처였지만 내 인생에 전화위복이 되어 '독서'라는 최고의 습관을 만들게 되었다. 자기계발서에 빠져 어떻게 하면 성공할 수 있을지에 대한 지식을 습득하며 정말 많은 자기계발서를 읽기 시작했다. 끊임없이 자기계발서만 읽는 나를 보며 선임은 '자기계발서 많이 보면 이상해진다'고 못 읽게도 했지만 내가 더 나은 내가 될 수 있다는 기대감, 경험하지 못한 모르는 세상을 아는 것에 빠져 정말 많은 책을 읽었다. 군대에서 100권이 넘는 책을 완독했고 독후감을 쓰며 한층 더 성장한 내 자신이 될 수 있었다. 그렇게 이달의 독서왕이 되어 포상도 받고 내 인생 최고의 습관을 군 복무를 하며 형성했다.

#내 인생을 바꾼 인생 태도

해병대에서 배운 최고의 정신은 '해병은 만들어진다는 것'이다. 해병 정신 중 하나는 '해병은 못하는 게 없다.'인데 무엇이든 제일 먼저, 빨리, 그리고 잘해야 한다. 못해도 최선을 다해서 해야 한다. 못해도 괜찮다. 일단 시도해야 한다. 그 문화가 당연했던 환경에서 생활하다 보니 그 덕분에 나는 일단 먼저 행동하는 못하는 게 없는 사람으로 변해 있었다. 서툴러 보일 수 있고 웃음거리가 될 수 있지만, 그 경험을 통해 최소 무조건 행동하는 사람이 되었다.

그러면서 자신감이 생겼고 모든 걸 자신 있게 도전했다. 전역 후 학교 성적은 평균 4.2가 넘으며 2학년 때까지의 성적은 3.87까지 올렸다.

21개월의 군대에서 생활한 시간은 절대 바꿀 수 없는 너무나도 값진 시간이었고, 나는 그렇게 변화하고 조금씩 성장해나가고 있었다.

#직접 부딪히다,
공부 잘 하는 친구들에 대한 자격지심

군 전역 후, 무엇이든 할 수 있다는 생각에 자신감이 가득 찼지만, 공부에 대한 열등감과 공부 잘 하는 친구들에 대한 자격지심은 여전했다. 그래서 나는 선택했다. 똑똑한 친구들은 서울에 있는 대학교에 다니니까 직접 부딪히고 만나보면서 그 친구들이 어떤 생각을 갖고 어떻게 생활하는지 등 직접 경험해봐야겠다.'라고.

군 전역 후 서울에서 대외활동을 시작했다. 한양대, 성균관대, 서울시립대 등 말로만 들었던 대학에 다니는 공부 잘하는 친구들과 함께 팀을 이뤄 1년 동안 대외활동을 했는데 괜히 나는 이 친구보다 못할 거 같고 부족할 것만 같았다. 이렇게 마이너스로 시작한다고 생각했기에 어떠한 상황에서도 바로바로 행동하며 최선을 다했고 모든 상황에 열심히 임했다.

팀의 리더에 지원했는데 내가 뽑혔다. 그 떨림은 잊을 수가 없다. 서울에 있는 대학에 다닌다는 이유로 높게만 보였던 친구들, '내가 이 친구들의 리더가 될 수 있을까?' 스스로를 낮추고 의심했지만, 진심으로 변하고 싶었던 나의 간절함은 두려움&불안감을 맞이했을 때 무조건 해야 한다는 신호라고 해석했고 손을 들며 행동하며 그 불편함을 성장의 기회로 맞아 도전했다. 나의 진심을 알아줬는지 나는 팀 리더가 되었고 팀원들에게도 항상 배우는 자세로 모든 과제에 최선을 다했다.

　1년 동안 진행한 대외활동에서 팀의 팀장으로 약 250개 팀에서 팀 부분 2등을 수상했다. 활동하며 정말 열심히 했고 그런 행동하는 모습에 감동 받은 친구들은 나에게 배울 점이 많다고 했고 인정해줬다. 그때 깨닫게 된다. '내가 이 친구들이랑 다른 건 공부를 못한다는 거 하나일 뿐, 공부를 제외하면 나도 이 친구들과 다를 게 없는 사람이구나'라는 것을 직접 경험하며 깨달았다. 마음속 깊이 내재되어 있는 공부 잘하는 친구들에 대한 편견, 자격지심과 열등감이 조금씩 희미해지기 시작했고 직접 부딪히며 나는 성장해나가고 있었다.

#두 번째 터닝포인트, 영어

공부 잘하는 친구들에 대한 열등감은 사라지고 있었지만, 여전히
나는 공부를 못했다.

성공하기 위해서는 국제화 시대 리더가 되어야 했고 좋은 대학교
에 입학해야 했다. 사실 내 진심은 최소 삼촌들만큼 되기 위해서는
일류대학교는 선택이 아닌 필수라고 여겼다. 그래서 편입을 위한
영어 공부가 필요하다는 결론을 내린다. 영어 공부를 해야 했지만,
장기적으로 시험을 위한 영어가 아닌 진짜 영어공부를 해야 한다고
생각했다.

한국에서 영어 공부할 수 있는 방법을 찾아보았고 학원을 알아봤
다. 갑자기 불현듯 떠오른 선임이 말해줬던 부산에 있는 영어학원.
나는 선임에게 전화를 했고 다음 날 학원에 찾아가 궁금한 점들을
물어보고 확인했다. 일반적으로 영어 문제를 잘 푸는 방법을 알려
주는 곳이 아닌 진짜 영어를 배울 수 있고 잘할 수 있는 곳, 나는 곧

장 부산으로 내려가 학원을 방문했고 '여기서 영어를 배우면 영어를 잘할 수 있겠다.'는 확신이 들었다.

집에 돌아와 학원 주변 고시원을 검색해서 알아보고 한 달에 최소한으로 생활할 수 있는 비용을 계산했다. 그다음 날 다시 부산으로 내려가 학원을 등록하고 고시원 계약하고 대구로 올라와 엄마에게 말했다. 이틀 뒤부터 부산에서 영어 공부한다고. 그렇게, 나의 영어 공부는 시작되었다. 나는 정말 단순했다. 단순했기에 쉽게 행동으로 옮겼다. 맞다고 생각하면 그냥 그대로 했다. 내가 학원에 갔을 때는 선임은 취업준비를 했기에 없었고 나는 결국 연고도 없고 아는 사람도 없는 곳에서 새로운 시작을 하게 되었다.

#새로운 시작, 난 정말 간절했다

처음 학원에 와서 도움을 받기 위해 시작했던 멘토링 프로그램에서 팀원들과 맨 처음 자기소개를 하는 시간을 가졌다. "How old are you?"(몇 살이니?) 질문에 너무 긴장한 탓에 아무 말도 하지 못했던 기억이 선명하다. 영어로 한마디도 하지 못했던 나, 이날을 시작으로 정말 열심히 했다.

학원 문은 닫혀있었지만, 아침 6시에 고시원에서 나와 학원 뒤에 있는 뒷마당에서 혼자 연습했다. 기숙사에 사는 친구들과 같은 시간에 나와 혼자 공부했고 6시 40분 새벽 수업까지 듣게 되니 처음부터 사람들의 관심을 받기 시작했다.

나의 간절함을 알아보신 걸까? 나의 태도에 감동을 한 선생님과 기숙사 친구들은 공부를 도와주기 시작했고 빠르게 적응하며 기숙사에 들어갔다. 그때 당시 최소 6개월 학원 다니고, 공부 태도, 선생님들의 동의 등 기숙사에 들어갈 수 있는 조건이 몇 가지 있었는데 나는 한 달 만에 고시원에서 나와 학원 기숙사에서 영어공부를 할 수 있는 기회를 가졌다.

24시간 영어만 쓰도록 시스템화된 기숙사까지 들어가 매일 5시 기상, 밤 11시까지 Economist, HBR, 그리고 Times와 같은 비즈니스 저널을 읽고 토론하며, 미국 공용 방송인 NPR을 들으며 시사, 경제, 비니지스에 관해 공부했다.

정말 열심히 했다. 영어를 잘하겠다는 목표 하나로 정말 열심히 했다. 그래서 그런지 3년간 꾸준히 그리고 열심히 했고 칼럼 요약본 110여 편, 1100여 편의 셀프 비디오라는 결과물을 보유하게 되었다. 더 나아가 문화유산 외국어 해설 경진대회에서 수상하는 성과를 거두며 단순한 삶을 통해 '실력이라는 것은 끊임없는 노력과 끈기의 결과'라는 것을 깨달았으며 스스로 정한 목표에 몰입하고 성취할 수 있는 열정과 집요함을 갖추게 되었다.

전국 스피치 대회에서 수상하며 공부에 대한 열등감, 자격지심 등 부정적인 감정들이 완전히 산산조각나는 완벽한 계기가 되었고 영어를 잘하게 되니 어떤 공부도 노력하면 할 수 있겠다는 걸 알게 되면서 "나도 하면 뭐든 할 수 있는구나"를 나 스스로 깨닫게 되었다.

#에피소드(내 몸을 챙기게 된 계기)

영어 공부를 하면서 무식했지만 용감하다는 것을 깨달은 경험을 소개해보려고 한다. 국토대장정에서 만난 내 인생 롤모델 강도연 누나. 2시간을 자면서 4년의 대학교 생활을 했고 공부와 봉사, 대외 활동까지 심지어 대한민국인재상을 수상한 누나를 알고 있었다. 누나를 진심으로 존경한 나는 '누나처럼 되고 싶다'는 생각에 가장 먼저 하루 4시간 이하로 잠을 줄였다. 잠이 올 때면 하루 기준 3~4잔 에스프레소를 마셨고 심장이 뛰어 잠이 달아나는 것에 행복해하며 공부를 했다. 심지어, 수업시간에 잠이 오면 '카누(KANU)' 한 봉을 뜯어 가루를 입에 털어 넣으면 같은 효과를 볼 수 있었고 그렇게 간 절히 공부했다.

3~4개월 뒤, 기숙사에서 자는 도중 새벽 나는 잠에서 깼고 숨이 안 쉬어져 일어났다. 밖으로 뛰쳐나가 숨을 쉬려고 했지만, 숨이 안 쉬어져 결국 지쳐 길에서 쓰러졌던 경험이 있다. 쓰러진 나를 아무 도 발견 못 했고 시간이 지나 일어났는데 그 자리는 땀으로 흠뻑 젖

어있었다. 다음 날 병원에 가서 검사를 진행했는데 보통 사람들보다 폐활량이 130%가 좋다고 한다. 다행히 몸에는 이상이 없고 스트레스 때문이라고 했다.

내가 할 수 있는 최선을 다한 거지만 공부도 지혜롭게 해야 한다는 것을 깨달은 소중한 경험. 이날을 계기로 건강을 챙기기 시작했고 조금 더 현명하게 행동해야 한다는 것을 직접 경험하며 알게 되었다.

이렇게 난 정말 열심히 공부했고 공부에 대해 가졌던 열등감&자격지심이 완벽히 사라지는 계기가 되었다.

#꿈만 꿨던 '조종사'
이젠 할 수 있게 되었지만 포기하다

편입할 시기는 다가오고 있었다. 명문대는 가야 했지만 명확한 나를 위한 목표가 없었기에 어떤 학과로 가야 할지 몰라 엄청 방황했다. 보통 직업이 꿈이라고 정의하는 한국 사회에서 나는 어렸을 적 꿈을 생각했다. '어렸을 때 꿈이 진짜 꿈일 가능성이 높다.'는 문장을 책에서 봤고 '축구선수, 교수, 조종사' 3가지 직업을 생각한다. '축구선수는 늦었고, 교수님이 되기 위한 학문에는 뜻이 없고, 조종사로 가야겠다.' OK. '항공운항학과'

자신감이 있었다. 어떤 공부도 자신 있었다. 영어에 대한 절대적인 실력을 쌓으며 그 어떤 것도 하면 해낼 수 있다는 것을 알게 되었다. 어렸을 적 하고 싶었지만 할 수 없었던 조종사의 꿈을 이루기 위해 항공운항학과로 들어갔다.

제복 입은 조종사의 모습이 멋졌고 자유롭게 하늘을 날아다니는 조종사가 되고 싶었다. 나의 꿈, 공부를 못해 시도조차 할 수 없었던 꿈이 시작되는 순간이었다.

합격통지를 받았지만, 현실적인 문제에 부딪히게 되며 '포기할까?' 심각한 고민에 빠졌다. 문제는 "돈", 조종사가 되기 위한 전체 과정을 끝내는데 적어도 2억 정도 든다고 했다. 이 고민을 교수라는 확고한 꿈을 가진 친구 Charlie(안철민)에게 이야기했고 대출을 해서라도 반드시 이뤄내면 된다고 조언해줬다. 이 친구 덕분에 자신감 갖고 시작할 수 있었다. 또한, 가족들과 함께 대화했는데 엄마는 '집을 팔아서라도 네가 하고 싶은 꿈은 끝까지 해낼 수 있게 지원할 거다'고 했다. 그렇게 결국 시작했다. 학교공부도 잘했고 학교생활도 잘했다.

3학년이 끝나고 비행 실습 전, '이렇게 조종사가 되면 내가 궁극적으로 이루려고 하는 많은 사람을 도울 수 없겠다'라는 생각을 하게 되었다. 사실, 솔직한 내 마음은 조종사가 되면 삼촌들만큼은 될 수 있지만, 나의 최소 기준이었던 삼촌들은 넘지 못한다는 생각이었다. 나 나름대로 답을 내렸고 대외활동 당시 멘토로 계셨던 '이대연'멘토님께 조언을 구했다. "비행을 시작하면 안 될 거 같다고" 이미 마음으로 그만두겠다고 결정을 내린 걸 알고 계셨던 멘토님은 일단 시작은 했으니까 직접 경험해보고 다시 한번 생각을 하라고 조언해 주셨다. 그래서 시작한 비행, 4개월 뒤 자퇴했다. 다양한 이유가 있었지만, 결정적인 것은 최소 기준이었던 삼촌을 넘지 못하는 것이었다. 그래서 나는 뒤도 돌아보지 않고 결단하고 짐을 쌌다.

조종사의 꿈을 안고 함께 열심히 했던 룸메이트 승탁이에게 가장 먼저 이야기하고 비행 원장님, 학과장님께 자퇴한다고 말씀드렸다. 그 후, 집으로 돌아와 엄마에게 말씀드렸다. "엄마, 나 자퇴했어." 혼자 결정하고 벌써 자퇴 절차를 마무리하고 집으로 돌아왔던 나를 보며 누나, 매형 가족들은 '얘를 어떻게 해야 하지?' 하는 어이없다는 표정을 지었고 그때 그 공기는 너무나도 무거웠다. 내가 그만둔 이유에 대해서는 정확히 말할 수 없었다. 그렇지만 이 선택이 그때 내가 할 수 있었던 최선의 선택이었기에 후회가 없었다.

훌륭한 엄마가 있기에 버틸 수 있었다. 내가 자퇴한 이유는 정확히 몰랐지만 물어보지는 않았고 엄마는 나에게 다가와 "분명 이유가 있었을 거고, 더 잘 되려고 결정을 내린 거니까 어떤 일을 하던 잘 해낼 수 있을 거야, 난 너 믿는다."라고 응원에 말을 해주셨다. "다음에는 이런 중대한 일이 있으면 먼저 이야기를 하는 것이 부모님에 대한 존중이다"라고 하시면서 믿어주시고 응원해주셨다. (너무 죄송했던 나는 이날을 계기로 정말 사소한 거부터 다 말한다.)

어렸을 때 조종사를 꿈꿨지만, 공부를 못해 시도조차 할 수 없었던 조종사의 꿈. 내가 자퇴한 진짜 이유에 대해서는 아무에게도 말하

지 못했지만, 엄마의 믿음과 격려가 있었기에 버틸 수 있었다. 엄마,
감사합니다.

 이렇게 어렸을 때부터 꿈꿨던 조종사의 꿈은 끝이 났다.

#다음 스텝, 사업

사업을 해서 돈을 많이 벌어 재단을 설립해 사람들을 도와야 했기에 사업을 해야 했고 무엇보다도 최소 기준이었던 삼촌들을 넘기 위해서는 사업을 하는 건 당연했다. 그래서 시작했다.

1. 그릭요거트 공장

학교를 자퇴하고 나왔지만, 사업을 어떻게 하는지, 어떻게 시작해야 하는지 아무것도 몰랐다. 그래서 결단했다. 일단 현장에 가서 경험부터 쌓자고.

평소 건강에 관심이 많고 그 당시 요거트를 좋아했던 나는 요거트 사업을 하겠다며 그릭요거트 공장에 입사했다. 회사에서 숙식을 모두 해결하며 정말 가족같이 지내며 일을 했다. 하지만, 3달을 못채우고 퇴사했다. 2달 정도 지나니까 손목이 점점 아파 왔는데 병원에 가서 치료를 받았지만 쉴 수가 없으니 낫지를 않았다. '내 인생 시작도 안 했는데 여기서 팔을 잃을 수는 없다.' 나는 2달 후 퇴사했다.

2. 마케팅 회사

소셜네트워크(SNS)는 내 인생에 사치라 생각하며 살아온 나는 SNS에 대한 경험과 지식이 없었다. 마케팅 관련 책들을 사서 공부하고 일단은 회사에 들어가서 배우겠다며 지원했던 회사, 불합격 통보를 받았다. 일주일 후, 회사에서 연락이 왔는데 '사람이 좋아 보인다'는 이유로 대표님께서 2차 면접을 제안해주셨고 그렇게 나는 일을 시작하게 되었다.

사업을 하겠다는 생각을 갖고 있었지만, 대표님께 너무 감사했고 그 감사함에 보답하기 위해 정말 회사가 잘 되길 바라며 '이 사업 성공해 내겠다.'는 마음으로 일을 했다. 누구보다 열정을 뛰어났기에 회사에서 배우고 일하며 집에서는 책 읽고 강의를 들으며 빨리 적응하기 위해 노력했다. 3개월 뒤, 나의 가능성을 알아봐 주신 대표님께서 나를 따로 부르셨고 나를 중심으로 회사를 운영한다고 하셨다. 운영팀으로 팀을 옮겨 전반적인 모든 회사 운영에 대해 배울 수 있었다. 회사에 일이 생겨 인사팀장을 대신해 그 자리를 대체해 인사업무까지 맡게 되며 일을 했고 10개월 동안 인스타, 블로그, 마케팅, 브랜딩, 인사업무 등 회사 전반에 대해 배웠다. 진행 중인 사업을 성공시키겠다는 마음이 있었지만, 내가 추구하는 방향과 너무 달랐고 대표님께 말씀드려 그만두게 되었다. 10개월의 경험, 내겐 너무 감사하고 정말 소중한 시간이었다.

3. 온라인 마케팅 사업

지금까지의 경험을 바탕으로 본격적인 사업에 앞서 SNS 채널을 키워 커뮤니티를 먼저 만들어 사업을 확장하겠다는 큰 그림을 그리고 나는 본격적으로 인스타그램, 유튜브 계정을 키웠다. 거듭된 실패, 계속해서 실패를 반복하다 보니 성공하는 방법이 보이기 시작했다. 사업은 운의 영역이 절대적이라고 한다. 최고치까지는 힘들 수 있지만 이렇게 사업을 해나가면 시간의 문제지, 어느 정도까지는 노력으로 무조건 갈 수 있겠다는 것을 알게 되었다. '이렇게 계속 부딪히고 나아가면 사업도 결국 성공할 수 있겠구나' '아, 사업도 하면 되는구나'를 깨달았다.

#엄마 당뇨 완치

사업도 하면 된다는 것을 알았다. 그럼 그다음은 '왜 내가 건강 관련 사업을 하려고 했던 거지?'라는 본질적인 질문을 스스로에게 했다.

답은 "엄마, 당뇨 완치"

관리하는 병이라고 알려져 있는 당뇨는 관리를 잘하더라도 언젠 간 합병증이 찾아오는 무서운 병이다. 관리는 잘하고 있었지만, 근본적인 해결을 하지 못한 엄마의 병을 치료하기 위해 지금부터는 엄마 당뇨를 치료하겠다고 결단한다. 환경설정을 하기 위해 시작한 유튜브, '요리하는 착한아들'. 2022년 안에 엄마 당뇨 완치하겠다고 결단했다. 가장 먼저, 당뇨 관련 책 11권 주문했고 논문, 유튜브 등 관련 자료를 찾아보며 공부를 시작했다. 유튜브를 운영하며 요리를 만들었고 엄마가 자연스럽게 식습관을 받아들이고 고쳐나갈 수 있는 환경을 만들었다. 그렇게 요리하고 영상 업로드하는 일상을 반복했다. 엄마가 식단관리를 받아들임과 동시에 전문가와 함께 치료해 나가기 위해 조력자를 찾았다.

　당뇨를 치료하는 사람들의 공통점은 약을 끊으면서 관리를 했고 결국 치료를 해 당뇨에서 자유로워졌다. 전문가의 도움이 있으면 더 빨리 옳은 방법으로 치료할 수 있을 거라 생각했고 대한민국 당뇨 명의 100명을 리스트업해서 엄마에게 가장 잘 맞는 분과 함께 치료를 해나가겠다는 목표를 세웠다.

〈우리나라 당뇨 명의 만나기 계획〉

1. 대한민국 당뇨 의사 100분 List up(E-mail)

　　-기획(편지)

　　-영상(대본)

　　-인터뷰 질문

2. 컨택&약속

　　- 일주일 기준 3~4명 명의 만나기

　　- 미팅(차선책 '비대면 미팅' ZOOM)

　　= 총 4~5주 기준 10명~ 30명

3. 인터뷰(=질의응답)&촬영

4. 하나씩 정리

   - 하루 일기 글 기록

   - 영상촬영해서 유튜브 업로드

5. 엄마에게 적용

6. 완치

+더 나아가, 추후 책 집필 가능

(Ex. 명의들과 한 대화)

〈편지〉

안녕하십니까! 저는 어머니 당뇨를 치료하기 위해 유튜브를 시작한 윤재백입니다. '당뇨는 관리가 아니라 치료하는 병이다'라는 메시지와 함께 엄마와 당뇨를 치료해 나가는 과정을 전달하는 유튜브를 운영할 계획을 가지고 있습니다. 가장 먼저, 대한민국 최고의 당뇨 명의를 찾아뵙고 인터뷰를 진행하는 콘텐츠를 만들어 당뇨, 고혈압 등 만성질환을 가지신 분들에게 용기와 희망을 주고 건강에 관심 있는 분들에게 건강 정보 전달하는 콘텐츠를 제작해나갈 예정입니다. 이 과정을 통해 사람들에게 유튜브로 병원 홍보를 할 수 있습니다. 더 나아가, 이 과정들을 담은 책을 집필할 때 인터뷰했던 내용을 담아 더 많은 분들에게 알리도록 하겠습니다.

선생님을 인터뷰하고 싶습니다. 아직까지는 구독자가 1,000명이 있지만, 대한민국에서 가장 훌륭한 의사분들을 모시고 인터뷰를 진행할 계획을 가지고 있습니다. 언제 한 번 시간 내주실 수 있을까요?

고등학교 수업시간 뇌출혈로 아버지께서 갑작스럽게 쓰러지셨다는 문자 한 통을 받게 되었습니다. 그때 그 자리에서 아버지께서 돌아가시면서 우리 가족은 내가 지켜야 한다는 책임감 하나로 지금까지 살아온 것 같습니다. 당뇨를 가지고 계신 어머니, 당뇨 관리는 하고 계시지만 당뇨 합병증은 언젠간 찾아올 것이고 해결하지 않으면 언젠간 엄마도 내 옆에 있지 않을 수도 있겠다는 불안감을 가지고 있습니다. 22살 군 전역 후, 당뇨 서적을 구매해 엄마 당뇨 완치를 하겠다며 했던 '엄마 당뇨 잡기 프로젝트' 열정은 좋았지만, 그 당시 혼자서 책만 보고 해결하기에는 한계가 있었습니다.

그러고 7년이란 시간이 흘렀습니다. 언제 어떻게 어떤 일이 닥칠지 모르는 엄마의 당뇨, 이제는 더 이상 미룰 수 없겠다는 생각을 하게 되었고 이렇게 연락을 드리게 되었습니다.

소중한 사람을 지키기 위해 시작한 유튜브, 저의 엄마뿐만이 아닌 다른 분들 또한 소중한 사람을 지킬 수 있는 콘텐츠를 만들려고 합니다.

괜찮으시다면, 시간 내주실 수 있을까요?
제 글을 읽어주셔서 진심으로 감사드립니다.

당뇨 명의분들을 찾아 리스트업을 하고 있지만… 찾아본 90% 이상의 당뇨 의사&한의사 분들은 3년 내외의 당뇨는 약을 완전히 끊을 수 있지만, 엄마처럼 15~20년 이상 당뇨를 가지신 분들은 당뇨약을 끊을 수 없고 관리를 평생 해야 한다고 말씀해주셨다.

1번 계획을 하는 과정에서 '안 된다는 분들 만나서 인터뷰를 해야 할까?' 하는 의문이 들었고 병원과 기능 의학은 당뇨 완치를 하지 못한다는 것을 다시 한번 확인하게 되었다. 이번 도전 과제의 본질은 '엄마 당뇨 완치'이기에 전략을 바꿔 정말 당뇨 완치를 할 수 있다는 분만 리스트업을 해서 연락을 드렸다. 내가 맞다고 생각하는 것에 확신을 갖고 행동했다.

결과적으로 영양사분과 함께 하기로 했다. 영양사 분께서 작성하신 글, 사례를 보며 호기심을 가지게 되었고 366개의 모든 글을 읽어보며 '이 분이랑 함께하면 해낼 수 있겠다'는 확신을 가졌다. 지금은 엄마가 당뇨약을 완전히 끊었고 식단관리를 통해 당뇨 치료를 해나가고 있다.

아직 엄마 당뇨가 완치된 것은 아니다. 그렇지만 시작했기에 완치라는 결과는 나와 있고 지금부터는 시간의 문제지 엄마는 곧 약을 끊게 될 것이다. 즉, 당뇨 완치.

끝!

길을 잃었다

삼촌들을 최소 기준으로 삼으며 엄마를 지키기 위해서는 적어도 삼촌만큼은 되어야 한다며 11년을 정말 열심히 살아왔다. 하지만, 지금부터는 시간의 문제지 자연스럽게 내가 더 잘 될 거라는 것을 알게 되었다. 원하던 꿈이었던 조종사, 취업, 사업 이 모든 것을 짧은 시간에 경험했지만 여기서부터는 목표를 잃어버리게 되었다. 결국, 목표까지 도달하니 아무것도 없었다는 것을 깨달았다.첫 시작점이 잘못된 것을 알았기에 다시 시작하고 싶었지만 어떻게 살아야 하는 건지 뭐부터 해야 하는 건지 아무것도 몰랐고 그렇게 완전히 돌아가기에는 11년이라는 긴 세월을 와버렸다. 지금까지 오다 보니 많이 외롭기도 했고 힘들었고 지치기도 했지만 멈출 수는 없었다. 상처 나고 아파도 계속해서 걸어야 했다. 11년 동안 여기까지 오면서 "엄마를 지키겠다는" 단 하나의 일념으로 버티고 버텨서 지금까지 왔는데 막상 목표에 도달하니까 아무것도 없다니. 숨이 안 쉬어지기도 했고 길에서 쓰러지기도 했고 눈에서 이상한 게 둥둥 떠다니기도 했다. 이렇게 머지않아 나라는 그릇이 곧 깨질 거라는 것도 알았다. 곧 무너질 거 같았다. 그렇지만 엄마를 지킬 수만 있다면 삼촌들을 넘을 수만 있다면 내 인생이 불행해도 내 인생이 무너져도 심지어 내 인생이 없더라도 괜찮았다.

　책을 쓰고 있는 지금 되돌아보면 나 스스로 살고 싶었던 거 같다. 엄마 당뇨 치료를 위한 노력을 하며 이제는 내가 살아야겠다는 생각을 했다. 나도 내 인생을 살고 싶었고 정말 말 그대로 살고 싶었다.

Part 2.

29살 내 인생을 살기로 했다

#3.22.독립선언문

이제는 정말 온전히 내 인생을 살고 싶었다. 이 방법이 아닐 수 있지만, 과거와 단절하기 위한 행동을 해야 했다. 왜냐면 나도 살고 싶었기 때문이다.

1919년 3월 1일, 33인의 민족대표가 독립선언서를 발표해 한국의 독립 의사를 세계에 알린 것처럼 2022년 3월 22일 독립선언서를 작성했다.

3.22 독립선언서

- 윤재백

"세계 만국에 내가 과거에 연연하지 않고 내 삶의 주인으로 당당히 주체적으로 살아감을 알린다."

나는 자유의지를 갖는 주체로서의 인간이자 성인으로써 과거 좋지 않은 기억으로부터 완전한 독립을 선언한다. 이로 써 나는 과거 안 좋은 기억과 완전 독립을 분명히 하는 바이 며, 나의 앞날은 온전히 내 삶의 주인으로 정당한 권리를 영 원히 누려 가지게 하는 바이다.

아버지의 죽음 후 삼촌들의 폭언과 막말에 희생되어, 그날 하루 기억의 상처에 뼈아픈 괴로움을 당한 지 10년이 넘는 세월이 지났으니, 그동안 우리 가족의 정신상 발전에 장애 를 받은 것이 얼마며, 우리 가족의 존엄과 영예에 손상을 입은 것이 그 얼마며, 날카로운 기운과 독창력으로써 세 계 문화에 이바지하고 보낼 기회를 잃은 것이 그 얼마나 될 것이냐?

정말 슬프다! 오래전부터의 이 상처를 떨쳐 버리려면, 눈앞의 고통을 헤쳐 벗어나려면, 장래의 위협을 없애려면, 가장 크 고 급한 일이 나부터 과거에서 완전한 독립을 확실하게 하 는 것이니, 나는 이에 완전히 떨쳐 일어날 것이다.

양심이 우리와 함께 있으며, 진리가 우리와 함께 나아가는 도다. 먼 조상의 신령이 보이지 않는 가운데 우리를 돕고, 온 세계의 새 형세가 우리를 밖에서 보호하고 있으니 과거에서 의 독립의 시작이 곧 성공이다. 다만 나는 내 삶의 온전한 주

인으로서 앞길의 광명을 향하여 주체적으로 힘차게 곧장 나
아갈 뿐이로다.

공약 1장
1. 오늘 이번 거사는 내가 이제는 더이상 과거에 연연하지
않고 온전히 내 삶을 살기를 갈망하는 나의 요구이니, 오직
주체적인 정신을 발휘할 것이요, 결코 과거 상처의 기억으
로 나의 미래를 결정하는 잘못을 절대 저지르지 않으리라.

독립선언서를 작성한 것만으로도 나는 과거와 벌써 독립을 해버
렸다. 수정하고 고치면서 계속해서 읽었고 이제는 온전히 내 삶을
살아야겠다고 생각했다.

옷을 멀끔하게 입고 제대로 인생의 선언을 하기 위해 정장을 차려
입고 엄마 앞에 섰다. 엄마 앞에서 발표하고 과거와 완전히 독립해
이제는 온전히 내 삶의 주인공으로서 내 인생을 살아가겠다고 선언
한다. 과거의 안 좋은 기억으로 모든 걸 선택하고 있는 걸 인지하고
있었음에도 불구하고 그걸 내 마음속에서 끊어낼 수가 없었다. 그
냥 연을 끊고 멀리하려고만 하다 보니 완전히 끊어내지 못했고 모
든 내 인생의 선택 기준이 되었고 모든 결정에 영향을 주며 지금까
지 오게 되었다. 가끔 스스로 가엾고 불쌍하다고도 생각했지만 끊

어내기가 쉽지 않았기에 힘들었는데…. 드디어 과거와 완전히 끝내는 선언을 하게 되면서 내 인생을 온전히 주인으로써 살아갈 수 있는 기회를 가질 수 있게 되었다. 오늘이 시작이지만 나는 벌써 과거와의 독립이 시작되었고 앞으로의 과정을 통해 완전한 독립을 이뤄나가려고 한다.

과거와의 독립, 끝!
독립선언서를 쓰는 순간 이미 독립은 기정사실화된 것이고 끝났다.

지금까지는 상처이자 아픔이었지만 그날이 있었기에 현재의 내가 있는 거라 정말 감사한다. '엄마를 지켜야 한다'는 단 하나의 일념으로 지금까지 정말 열심히 살아왔다. 진심으로 바뀌고 싶은 마음이 간절했기에 목표를 세우고 도전을 계속해오면서 살아왔다. 내겐 그 하루가 인생에서 가장 큰 상처였지만, 또 다른 한편으로는 정말 너무나도 감사한 순간이다.

다시 한번 깊게 깨닫게 되었다.
행동은 인생을 바꾸고, 결단은 인생을 바꾼다는 것을. 그러면 정말 인생이 바뀐다는 것을.

#과거와의 단절, 진짜 내 인생을 살아가다

누군가는 하고 싶은 말을 평생 가슴에 담고 하지 못하고 죽는다. 나는 그렇게 살기 싫었다. 11년 동안 삼촌들에게 이야기하고 싶었지만, 가슴 속에 담아왔고 나 스스로 내가 성장할 때까지 기다렸고 때를 기다렸다. 그게 지금이었다. 당연히 그렇게 하지 않는다는 거 잘 알지만, 삼촌들이 그때 말했던 그 일을 실제로 행한다고 해도 지금의 나는 우리 가족을 지켜낼 힘이 있다고 생각했다. 처음엔 이야기를 시작한다는 것이 불편했지만, 그럼에도 불구하고 글을 적어갔다.

〈편지〉

안녕하세요. 삼촌. 점심식사는 하셨을까요!? 여쭤볼 게 있어서 이렇게 단톡방을 만들어 질문하려고 합니다.

이번 주, 수·목·금 중에 시간 되시는 날 있을까요? 안 되신다면 오늘 지금 당장이라도 찾아뵙도록 하겠습니다.

10년 전 아버지 49제 전날 삼촌들이 저희 집에 찾아오셨을 때 있었던 일에 대해서 만나서 대화하고 삼촌들께 정식으로 사과를 받고 싶습니다. 제 인생에서 처음이자 마지막으로 드리는 기회입니다. 또한, 저희 엄마, 누나, 저희 아빠께 사과할 수 있는 기회입니다.

지난 10년이 넘는 세월 동안 저는 단 하루도 이날을 잊은 적이 없습니다. 솔직히 정말 많이 힘든 걸 넘어 고통스러웠습니다. 한 번도 표현하지 않았지만 제 가슴속 깊이 새겨진 상처를 절대 잊지 않으며 하루하루를 살아왔습니다.

사실 삼촌들 또한 그러시지 않았을까 생각됩니다. 그래서 저는 결단을 내렸고, 이제는 대화를 해야 한다고 생각했고 이렇게 말씀드립니다.

지금까지는 피하려고만 했습니다. 이제는 그 과거에서 완전히 독립하려고 합니다. 이 사건을 이번 대화를 통해 완전히 끝내려고 합니다. 그리고 온전히 제 인생을 살아갈 것입니다.

더 이상 미루지 않을 겁니다. 바쁘신 거 잘 알지만 저는 10년이 넘는 세월을 지금까지 오늘을 기다렸습니다. 이번 주

수·목·금 중 시간 되시는 날 저녁 제가 찾아뵙도록 하겠습니다. 꼭 만나 뵙고 대화하고 싶습니다.

답장 기다리겠습니다.

삼촌들을 단톡방에 초대해 11년 동안 담아왔던 그렇지만 하지 못했던 하고 싶은 말을 모두 이야기했다. 삼촌은 내가 온전히 내 인생을 살아간다는 것에는 좋다고 생각했지만, 방법이 잘못되었고 버릇없다고 생각하길래 OK! 끝!

나는 내가 하는 최선을 다했다. 삼촌들의 반응은 중요하지 않았다. 상대에 의해서 오케이를 한다고 더 좋고 반대를 한다고 잘못된 것은 없다. 여기까지 내가 한 모든 것이다. 편지를 쓰고 할 말을 하는 순간 모든 것은 끝이 났다. 그러니 지금 이 순간부터 나의 과거는 모두 끝이 났다.

그리고 나 자신에게 그동안 정말 수고했다고 말해주고 싶다. 잘 살아왔다고 참 잘 살아왔다고. 그리고 이제는 나를 사랑하는 사람들과 더 사랑하는 일을 하면서 더 많은 사랑하는 것들을 꿈꾸라며.

동시에 이런 생각이 든다. 과거에 연연하며 매일매일을 살아온 나를 지켜본 아빠가 '많이 힘들었겠다'라는 생각. 지금은 하늘에 계신 아빠가 정말 크게 웃고 계시지 않으실까? 너무 기뻐하시지 않을까? 우리 아들 잘했다고 그리고 정말 잘 컸다고.

이번 도전을 통해 배웠다. 문제는 해결할 방법이 무조건 존재한다는 것을. 그 방법을 아직까지 못 찾았을 뿐이다.

방법은 찾으면 된다. 내가 그것을 하기로 결단만 하면 되기 때문이다.

#꿈꾸고 상상하던 것들을 해보기로 결단하다

"제주도 한 바퀴를 도는 과정과 함께 나의 이야기를 담은 책 집필하기."

언젠가 유명해지면 해보겠다고 생각했던 책 쓰기. 걸어서 제주도 한 바퀴를 돌면서 생기는 이야기를 담고 나의 과거 경험을 함께 담아 책을 집필할 것이다.

제주도 한 바퀴를 돌면서 그 과정을 하루 일과 마무리 전 그날의 이야기를 카페나 숙소에서 매일 작성하고 걸으면서 생기는 과정을 영상으로 남겨 글은 책을 쓰는 원고로 영상은 나를 위한 영화로 제작할 것이다.

불가능하다고만 생각해왔기에 앞으로의 나날들이 너무 기대되고 큰 그림이 그려진다. 어떻게 해야 할지 너무 재밌을 것 같고 그 기대감에 흥분된다.

제주도 '환상 자전거길(234km)' + 한라산 정상 등정

0. 개요

나 자신을 찬찬히 되돌아보면 해야만 하는 것들을 선택해 목표를 설정하고 순간순간 최선을 다하며 살아왔다. 정말 열심히 했기에 원하는 목표를 이뤄왔지만, 목표만을 이루기 위해 모든 것을 집중했기에 내 마음 한편에는 그 과정이 행복하지는 않았다는 아쉬움이 항상 자리하고 있었다.

2022년 마지막 20대를 보내는 지금 이제는 하고 싶은 것을 하면서 살아보려고 한다. 목표를 이루는 그 자체가 나에겐 정말 중요했지만, 이제는 목표를 향해 나아가는 그 과정에서 살아있음을 느끼고 행복을 느끼며 즐겁게 하루하루 살아가려고 한다. 그 시작은 제주도 걸어서 한 바퀴 걷는 도전이 될 것이며, 동시에 그 과정들에서 글과 영상을 남겨 책을 집필하고 나만의 영화를 만들 것이다. 지인 중에 한 분이 자기 인생에서 가장 최악일 때 제주도 한 바퀴 걸었다고 했다. 그 후, 삶에 새로운 시작을 하셨다고. 나에게 기회가 된다면 꼭 해보라고 추천해주신 말씀이 기억나 제주도 한 바퀴를 걷는 걸 시작으로 새로운 인생을 살 것이다. 제주도는 지금까지 2번 갔다. 고등학교 수학여행 때 한 번, 가족 여행 한 번, 끝!

관광지 위주로 다녔던 여행, 이번에는 제주도 해안선을 따라 튼튼

한 두 다리로 제주도를 몸소 있는 그대로 느껴볼 예정이다!

-2일차 : 계획하기

내가 제주도를 걷는 본질적인 목표- 자기 자신 사랑하기.(지금까지 하지 못했던 것, '즐겁게, 행복하게, 힘 빼고, 천천히 걸어보기.')

아름다운 과정으로 성공적으로 마무리할 거라는 결과는 정해져 있다. 어차피 성공할 거니까 지금까지 해왔던 것과는 반대로 해보자. 매일매일 즐겁고 행복하게 힘 빼고 천천히 걸어보자.

1. **When?** (미루는 건 없다. 최소한의 준비가 되는 대로 바로 go~)

✓ 3월 25일 ~26일 일정 계획 및 물품 구비

✓ 항공권 예약(26일)

-27일 아침 7시, 공항으로 이동해 비행기를 타고 8시 제주국제공항 도착 후 바로 걷기 시작!!

-가격 20,000 정도 예상(편도 기준)

2. **Where?**

언젠가 한 번은 바다가 보이는 제주 둘레길을 걷고 싶었고 거리(234km)도 적당하다고 생각해 "제주환상자전거길" 걸어서 한 바퀴 걷기 결정.

3. How?

✓ 위치 확인

- 네이버 지도 앱 사용해서 '제주도환상자전거길'을 검색해 이동 경로 및 주변 시설물 확인.

4. Plan?

(언제 어떻게 무슨 일이 생길지 모르는 모든 변수에 대비해 큰 틀에서만 계획하고 유동적으로 걷는 거리를 계획하고 숙소를 구할 예정)

✓ 하루 걷는 구간

-체크 포인트를 기준으로 20~35km 거리의 편차가 크지만, 나의 컨디션, 날씨 등 변수에 유연하게 대응하기 위해 유동적으로 도착지와 시작점을 조정하기.

✓ 숙소

-당일 오후 4시 전후로 예약하기.

-네이버 검색(게스트하우스), 야놀자 앱(호텔, 모텔, 펜션)을 이용하여 예약 진행.

✓ 식사

-걷다가 우연히 마주친 식당에서 먹고 싶은 메뉴 맛있게 먹기.

5. 준비물 체크

-최대한 가볍게! (무거운 거 싫어.)

의류		세면도구	전자기기	기타		
반바지 2	바람막이	수건 1	폰	메모장	팔토시	현금
티셔츠 3	스포츠 레깅스	칫솔, 치약	보조배터리	샤프(펜)	고리	신분증
잠옷 1	배낭	폼클렌징	카메라	우비	카라비너	
속옷	신발		초미니 삼각대	방수가방 커버	마스크	
양말	슬리퍼		(무선)키보드	물티슈	마스크 끈	
모자			충전기	손수건		

6. Why?

가슴 뛰고 설레는 도전하는 삶을 살기 위해 하고 싶은 것을 하는 첫 경험. 강원도 고성 ~ 경기도 파주까지 국토대장정 경험이 있는 내가 제주도 한 바퀴 걷는다는 건 마냥 어려운 목표는 아니지만, 제주도를 걸으면서 글을 적어 나의 이야기를 담은 책을 집필하고, 영상을 남겨 나만의 영화를 제작하는 건 내 생각의 한계를 뛰어넘는 엄청난 도전이다. 처음에는 '내가… 책을 쓴다고?', '글로 적을 이야기가 없는데….' '3자의 입장에서 내 책을 나는 안 살 거 같은데?'라는 막연한 두려움이 있었다.

그렇지만 나는 본질을 생각했다. 내 목표는 책을 내는 것, 글은 쓰면 되고 한 장이라도 책은 출판하면 된다. 출판사 계약에 실패하면, 독립 출판이라도. 불가능을 뛰어넘는 도전이니 내 마음속에서 '해보자, 나를 뛰어넘는 재밌는 경험이 될 거야'라는 외침이 찾아왔고 결정했다. 책을 집필하기로. 또한, 영상을 남겨 내 첫 영화를 만들기로,

언젠가 해야지 하면서 꿈만 꿨던 강연까지 하게 될지도 모르니. 이렇게 큰 그림이 그려지고 앞으로 어떻게 해야 할지 매일 계획이 그려지니까 그 과정들이 너무 재밌을 것 같고 그 기대감에 흥분된다.

"나왔습니다. 또 나왔습니다." 나를 설레게 했던 말. 내 심장을 뛰게 했고 엄청난 기대와 함께 이동진 코치님과 전화했다. "사진전을 함께 준비해보면 어떻겠냐고" 말씀하셨는데 하루 10~15장 정도 사진을 촬영해서 일정 다 끝나고 사진 선별하고 사진전을 함께 열면 좋을 거 같다고 말씀해주셨다. '가능할까?' 책은 지금까지 꾸준히 읽기라도 했고 서평을 적어왔던 터라 그래도 하게 됐지만, 사진은 평소에 찍지도 않는다. '이게 가능한 걸까?'라는 생각이 들었지만, 내가 가능하다면 가능한 거니까. 그럼 내가 할 것은 선택하고 결단하고 행동하는 것. 선택하고 내가 결과값을 내기 위해 행동하면 결국은 행동한 것에 대한 결과값이 나온다. 하는 건 자신 있다. 그냥 하면 되니까. 결과를 모르고 경험이 없기에 두려울 뿐이다. 지금 나는 엄청난 성과를 만들려고 하는 것이 아니라, 사진전을 열겠다는 것이니까.

잘 되는 것을 생각하지 않고 내가 지금 할 수 있는 최선을 다하면서 그 과정을 만들어가겠다. 결과는 어차피 해낼 거고 그 과정 또한 즐겁게 만들어갈 테니. 이렇게 행동하니 좋은 결과든 안 좋은 결과든 나타나지 않을까? 나는 선택했고 결단했으니 지금부터 내가 할 수 있는 건 오직 실행하는 것이다.

이제는 온전히 나를 위해 살아보고 싶다. 그냥 순간순간을 즐겨보고 싶다. 너무 잘하려고도 하지 말고 힘 빼고 있는 그대로 본질만 생각하고 하겠다.

그냥 그러고 싶다. 지금이 첫 도전이고! 이 모든 것을 할 것이다. 재밌게 즐겨야겠다! 이번에는 다 내려놓고 부담 없이 즐기는 걸 배워봐야겠다!(참… 이상하게도 눈물이 맺힌다….)

나도 정말 즐기는 거… 하고는 싶었다. 하지만 매번 참았다. 이번에 제대로 배우고 와야지! 온전히 나를 위해 즐기는 시간을.

제주도&울릉도 한 바퀴 걷기 + 한라산&성인봉 정상 등정 후, 2주일 내, 책 출판사 계약, 사진전 개최, 강연하기 끝 + 가능하다면 굿즈 제작해서 수익금 기부하기.

지금부터 시작.

〈나 스스로 약속하는 여행 중 '철칙'〉

1. 오후 4시 전, 숙소 예약하기.

+ 저녁 6시 이후에는 걷지 않고 숙소 or 카페에서 하루를 정리하는 시간 가지기!

2. 아침 9시에는 출발하기.

3. (유튜브) 영상 촬영 - 집착하지 않고 정말 찍고 싶을 때만 촬영.

4. (사진전) 사진 촬영 - 내가 담고 싶은 그림 같은 사진 촬영.

5. (매일) 사진 인스타 남기기 - 출발하기 전 똑같은 포즈로 내 사진 매일 남기기.

6. (책 집필) 매일 저녁 글 적기 - 잊지 않고 그때 남긴 그 순간 느낀 걸 영상으로 남겨 참고해서 글 적기

= 이번 여행 콘셉트는 있는 그대로의 자연스러운 나의 모습으로 즐기기~

7. (강연) - 강연을 하기 위해 학교 및 기관 연락.

−1일차 : 새로운 삶의 시작, 준비

여행 준비는 모두 끝. 완벽하게 준비하기보다 내가 현재 할 수 있는 최선의 준비를 마쳤다. 어제 계획하고 오늘 준비하고 내일 바로 떠난다. 이제 하루를 마무리하고 내일 아침 새벽 여정을 위한 출발

만이 기다리고 있다.

어떤 일이 일어날지 모르기에 너무 기대되고 엄청 즐겁다. 솔직한 내 심정은 기대감으로 가득 차 있다!!! 어떤 풍경을 마주할 것이며 누군가를 만나 각자 다른 삶의 이야기를 가진 사람들과 대화할 것이며 무엇보다도 오직 나를 위한 새로운 삶이 시작된 것에 정말 말로 표현할 수 없이 기쁘다.

난 내가 진정으로 원하는 진짜 도전을 하게 되었다. 이 감정을 어떻게 설명할 수는 없지만, 너무 벅차오르고 설렌다. 온전히 나를 위한 도전이 앞으로 살아감에 어마어마한 자산이 될 것이다.

하루하루 이렇게 살아있다는 느낌, 어떤 일이 일어날지 모른다는 이 기대감!!! 정말 너무나도 행복하다. 지금까지 느껴보지 못했던 넘치는 즐거움이다.

우리 인생에서 매일 기대하는 삶을 살면 어떨까? 나는 지금부터 이렇게 살기로 했다.

이젠 정말 즐겨보겠다!!

1일차 : 설레는 출발, 최악의 결정, 전화위복

새벽 4시 50분 기상, 씻고 옷을 갈아입고 엄마가 챙겨주는 김밥과 초코파이를 가지고 떠났다. 5시 40분 버스를 타고 '대구국제공항'으로 이동했고 비행기를 탄다는 설레는 마음으로 체크인했다.

비행기, 비행기는 내겐 조금 특별한 의미이다. 하늘이 좋았고 제복 입은 운항승무원이 너무 멋져 보였다. 그렇게 자유롭게 하늘을 날기 위해 조종사를 꿈꾸며 항공운항학과에 입학하여 조종사가 되기 위한 공부를 하며 경비행기 조종까지 했다. 이 과정에서 조종사들을 동경하며 언젠간 내가 타고 운항하고 있을 상상에 비행기를 보면 그냥 좋았다. 사업을 하겠다며 결국 자퇴하며 조종사의 꿈은 접었지만, 비행기는 여전히 내겐 특별했다.

이륙. 항공기가 뜰 때 받는 이 느낌, 정말 너무 좋다. 새로운 시작에 대한 설렘을 가득 안고 앉아 있다 보니 시간이 금방 흘러 제주공항에 도착했다.

출발 준비, 약 한 달 전 카메라를 샀지만, 동영상만 촬영했기에 셔터를 누르는데 영상 촬영만 되는 것이다. 설정에 들어가 이것저것 조작해보지만, 카메라 촬영은 되지 않았다. 인터넷에 검색해 방법을 찾는다고 찾았지만 없었다. 1시간을 넘는 시간 동안 공항에 앉아 고 군분투했다. 동영상 촬영 버튼과 사진 촬영 버튼이 따로 있어 사진 촬영 버튼을 누르면 되는 아주 기본적인 것이었는데 이것조차 몰랐 기에 출발부터 쉽지 않았다. 또한, 제주 날씨가 너무 좋아 더워서 옷 을 반 팔로 갈아입었고 제주환상자전거길로 진입해서 가는 길을 못 찾아 3번은 공항에서 왔다 갔다 하며 출발부터 많은 시행착오를 겪 으며 출발했다.

출발. '나는 살면서 이렇게 설레 본 적이 있었을까?' 출발함과 동시 에 가슴이 두근두근하고 설레기 시작했다. 벅차오르는 이 기분, 정 말 너무 좋다. 정말 행복했다. 내게 날개가 있었다면 날아갔을 것이 다. 설레는 이 기분, '앞으로도 계속해서 느낄 것이다'라며 다짐했다.

출발은 즐겁게 했지만 쉽지는 않았다. 걷기 시작한 지 2시간 뒤, 오른 발바닥이 아프기 시작했고 왼쪽 어깨가 아파지기 시작했다. 잠시 쉬고 다시 출발! 오늘이 첫날인데 발도 아프고 어깨도 아프고 걸은 지 4시간 만에 몸이 아파지기 시작했다. 내가 먹고 싶은 돈까 스 가게는 왜 안 보이는 걸까? 배는 또 엄청나게 고파온다. '내가 여 기서 뭐 하는 거지?, 왜 하는 거지?' 부정적인 생각이 마구마구 솟구 친다. 이 순간, 나는 내가 여기에 왜 왔는지를 생각하며 마음을 다잡 았다.

너무 힘들고 배고파서 잠깐 쉬어가려고 쉼터에 가서 누웠다. 쉴 땐 세상에서 가장 편하게 쉬어야 한다고 생각하는 나는 신발을 벗고 돌 위에 누웠다. 등이 다 젖어 돌의 찬 기운이 내 몸을 감싸는데 정말이지 너무 추웠다. 그렇지만 힘든 몸을 이끌고 일어나지 못해 참고 버티며 휴식을 취했다.

　배가 고파 엄마가 챙겨준 초코파이를 하나 꺼내 먹었다. 군 전역 후 밖에서는 먹어본 적이 없는 초코파이, 내게 많은 추억을 선물해 준 간식이다.

　입대 후 기초군사훈련 7주가 끝나기 전, 복무할 근무지는 랜덤으로 결정된다. 생활 반 동기 친구들과 섬에 가는 친구들에게 그 주 종교 활동에서 받는 모든 간식을 주기로 약속했는데 내가 받았다 ^^ 시뮬레이션하는 연습 2번에서 나는 김포, 강화 또는 포항에서 군 생활을 하는 거였는데 마지막 3번째 실전에서 윤재백 근무지 '백령도'를 보게 되었을 땐 정말 하늘이 무너지는 느낌이었다. 지금은 너무 감사한 경험이 되었지만, 위치도 정확히 모르고 들어보기만 했던 백령도에 내가 간다는 걸 알았을 땐 믿기 싫었다. 그 주 주말, 생활 반 동기 모두가 나에게 초코파이를 줬다. 물론 함께 나눠 먹었지만 정말 엄청나게 많은 초코파이를 원 없이 먹었던 재미있던 추억이 있다.

쉬고 나니까 몸은 완전히 회복되었고 나는 다시 신발 끈을 묶었다. 제주도 흑돼지 돈까스를 먹고 싶었지만, 제육 덮밥을 파는 '또똣 부뚜막' 가게에 들어갔다. 밥이 있는 든든한 한 끼를 먹고 싶었다. 할머님께서 손맛이 되게 좋으시고 따님도 정말 친절하신 곳이었다. 우연히 들린 곳이었지만 정말 든든한 한 끼를 먹었다.

밥을 먹으면서 쉬고 나니 몸이 회복되는 거 같은 느낌이 든다. 그 느낌도 잠시, 얼마 가지 못해 지치기 시작한다. 햇볕은 정통으로 내 머리 쪽을 향했고 다리는 힘이 없고 어깨도 아파 왔다. 계속 걷다 보니 다리에 감각이 없다. 그냥 하염없이 걸었다. 너무 힘들었나… 또 부정적인 생각이 든다. '나는 왜 걷는 것인가?, 무엇을 위해 하는 것인가!?'

다시 한번, 내가 왜 여기에 오게 되었는지를 상기하며 마음을 다잡는다. 그러면서 다음 도전을 상상하고 있다. (울릉도에서는!?ㅎㅎ)

현재 시각 4시, 저녁이 될수록 바닷바람은 점점 많이 불고 차다. 반 팔을 입었던 나는 몸은 점점 추워져 한기를 느꼈지만, 가방을 벗고 다시 출발하는 그 짧은 시간이 아까워 정말 그 짧은 시간을 아끼기 위해 숙소까지 추위를 참고 2시간을 넘게 끝까지 걸어갔다. 이 결정이 앞으로의 내 컨디션을 완벽하게 망쳐버리는 계기가 될 것이라는 것은 상상도 하지 못한 채.

　게스트하우스에 도착하자마자 곧장 침대로 향했다. 긴장이 풀리면서 온몸에 한기가 느껴졌고 몸의 기온은 뚝 떨어지며 많은 것들이 잘못되어 가고 있음을 인지했다. 전기장판을 가장 높은 온도로 설정했지만 무용지물이었다. 너무 추웠다. 이불 속 들어가 몸을 녹였지만, 여전히 추웠다. 그러다가 잠이 들었는데 일어나니까 3시간이 지나있었다. 자고 일어났지만, 몸은 최악이었고 너무 힘들었다.

　잠깐 일어나서 피로회복제를 사려고 편의점을 찾아 나섰지만, 문을 연 편의점이나 상점은 없었다. 하는 수 없이 다시 돌아와 따뜻한 물에 몸을 녹이며 샤워했고 너무 추워 곧장 침대로 가서 누웠다. 그러면서 다시 잠이 들었다.

　악과 깡으로 참고 끝까지 하는 것이 미덕이라고 여겨왔던 나는 과거의 나와 똑같은 선택을 했고 결국 현명하지 못한 선택을 하게 되었다. 오늘이 첫날인데 이런 최악의 상황을 만들다니. 앞으로의 날들이 걱정된다. 정말 큰일이다.

　동시에 배웠다. 물론 상황에 따라 다르겠지만, 군대에서 배웠던 악기는 이제 하지 않겠다고. 이건 경주가 아니었다. 누굴 이기자고 하는 것은 더더욱 아니었다. 더군다나 나를 이기는 것도 아니다.

나를 돌아보고 나를 이해하고 나를 사랑하고 나를 더 기쁘게 하기 위해 하는 것이었다. 나를 행복하게 하기 위한 도전이다. 이 본질을 잊지 말자. 나는 나와 더 대화하고 공감하며 거기에 맞춰 발걸음을 내딛기 위해 여기에 왔다.

또한, 제1원칙 "안전", 밖에서 걸으면서 생길 수 있는 안전뿐만이 아닌 내 몸까지 생각하는 안전을 반드시 지켜야 한다는 것을 배웠다. 이렇게 나만의 철칙을 반드시 지켜야 이 도전을 끝까지 마무리할 수 있다는 큰 깨달음을 깊게 새기게 되었다.

오히려 잘 됐다. 첫날에 이렇게 큰 배움을 얻었으니 오늘을 기회로 전화위복하여 교훈 삼아 다시 나아가야겠다.

2일차 : 상상은 현실을 만들기 위한 준비단계, 꿈틀거리는 기적

몸이 완전히 회복된 것은 아니지만 밖에 나와 오늘을 시작하니 살아있음을 느낀다. 기분이 너무 좋다. 이런 게 진정 내가 원하는 삶이 아닐까? 라는 생각을 문뜩 해본다.

어제 결정을 교훈 삼아 성장하는 오늘을 만들 것이다. 어제랑 다른 그러니까 어제보다 더 나은 선택을 해나가는 것이 내가 생각한 나라는 사람을 유지하는 것보다 위대할 때가 있다.

제주도환상자전거길로 걷고 있지만 내 마음이 끌리는 곳이 있으면 자연스럽게 발걸음을 옮기며 다녔다. 멀리서 보이는 풍차, 공원길이 보이고 바다 옆 돌에는 백년초가 자라고 있었다. 잠시 서서 거친 파도 소리를 들으며 멍하니 바다를 보고 있었다. 우연히 발걸음을 옮겼는데 생각하지도 못한 멋진 풍경을 보게 되었고 기분이 너무 좋았다. 여행이라는 것이 어떤 일들이 일어날지 모르기에 좋은 것이 아닐까 하는 생각이 든다.

제주도 해안 길을 걷다 보면 마주치는 할리 아저씨들, 자전거를 타고 가는 사람, 전동 자전거를 타고 가는 사람들을 자주 만난다. 각자의 이야기가 있고 각자의 인생을 살아가고 있는 사람들, 이렇게 상상만으로도 정말 재미있다.

'과거에 나는 살아있다는 걸 느낀 적이 있었나?' 문득 떠오른 생각이다. 이 질문에 대답을 해보자면 "없다." 내가 하고 싶은 대로 살아왔다. 그렇지만 나는 나를 위한 삶을 살아본 적이 없었다. '엄마를 지키겠다.'라는 단 하나의 일념으로 모든 선택과 결정을 하며 지금까지 달려왔다. 그렇다고 후회는 없다. 그 과정이 있었기에 목표를 세우고 그걸 이뤄내기 위해 내가 할 수 있는 최선을 다하며 살아왔으니. 그래서 현재의 내가 있는 거니까. 이제는 나를 위한 나의 인생을 살아갈 것이다. 온전한 내 삶의 주체가 되어 내 인생을 살아가려고 한다.

11시 40분, 어제저녁 몸이 안 좋아 점심 이후 아무것도 못 먹지 못했다. 출발하기 전 엄마가 챙겨줬던 마지막 초코파이 2개를 먹었다. 배가 너무 고파왔다. 먹고 싶은 것만 찾다가 정말 아무것도 못 먹을 수 있겠다 싶었다. 그래서 보이는 음식점이 괜찮다 싶으면 그냥 들어가는 게 현명하다는 것을 배웠다. 우연히 발견한 제주도 바닷길에 보이는 꼬막 비빔밥집. 나는 밥을 먹을 수 있다는 생각에 기뻐 곧장 들어갔고 국으로 나왔던 미역국이 너무 맛있어 아직도 그 맛이 선명하게 남아있다. 조개를 넣어 끓인 거 같았는데 정말 시원하고 맛있어 2그릇을 먹었다. 메인이었던 꼬막 비빔밥까지 먹으면서 든든하게 한 끼를 해결하고 나왔다.

계속해서 걷다 보니 변화가 생겼다. 뭘 계속해야만 할 거 같았고 빨리 해내야 할 것만 같고 그랬는데 마음에 여유가 찾아왔다. 편안해졌다. 마음이 한결 가볍다. 이제야 내가 여행하는 본질을 그대로 이행하게 된 건 아닐까. 이렇게 조금씩 여유가 생기고 즐겁게 도전을 이어가면 되지 않을까 하는 생각이 든다.

걸을 때는 몸이 아픈 것을 잊었나 보다. 내가 좋아하는 걸 해서 그런 걸까? 그래서 잊은 건가? 어떠한 이유에서건 나는 지금, 이 순간이 너무 행복하다. 휴식하면서 앉아서 쉬는데 파도 소리, 땀을 식혀주는 잔잔한 바람, 반짝반짝 빛나는 바다, 느껴지는 이 여유로운 느낌, 정말 모든 것이 최고다.

상상은 현실을 만들기 위한 준비단계이다. 좋은 소식이 생겼다. 500번 이상의 강연 경험이 있으신 이동진 코치님께서 해병대 장교분과 연락했고 나를 강연자로 추천해주셨다. 나는 장교님께 문자를 드렸고 제주에서의 모든 일정이 끝나면 다시 한번 연락하기로 했다. 내가 여기서 해야 할 것은 강연을 할 수 있도록 그게 가능하도록 적극적으로 행동하는 것뿐. 강연해 본 경험이 없어 자신감이 없었지만 내가 군대에 있을 때 들었으면 좋았을 이야기에 대해서 강연한다고 생각하니 해줄 말들이 너무나도 많았다. 그러다 보니 자신감이 생기기 시작했다. 그래서 결단했다. 강연하겠다고. 꿈이 이뤄지는 순간이었다.

어떤 사람이 강연하는 것일까?

자신감 있는 사람? 유명한 사람? 똑똑한 사람? 맞을 수도 있지만, 아니다. 강연하는 사람이 강연가가 되는 것이다. 공부는 그럼 누가

잘하는 것일까? 공부 열심히 하는 사람. 노력하다 보니 잘하게 되는
것이니까.

　오늘은 일찍 숙소에 가서 쉬려고 한 날, 역시나 계획대로 되는 것
은 없다. 게스트하우스 근처에 도착해서 예약하려는데 예약 버튼이
없어졌다. 전화해서 물어보니 자리가 없다더라. 여기까지는 괜찮았
다. 다른 곳을 찾으면 되니까. 그런데 여기 주변에 게스트하우스가
없었다. 펜션의 가격이 15만 원 ~ 20만 원이었고 내게는 부담스러
운 금액이었다. 게스트하우스를 가려면 1시간 20분을 더 가야 하는
데…. 다른 선택지가 없기에 나는 하염없이 다시 길을 걷기 시작했
다. 오늘은 정말 일찍 가서 쉬고 싶었는데, 참 여행이라는 거 마음대
로 안 된다.

　'공간'이라는 게스트하우스는 너무 친절한 사장님들이 계셨다. 길
지나가면서 사서 먹고 싶었는데 양이 많아 구매하지 못했던 천혜
향, 한라봉을 주셨다. 너무 감사했다. 한 입 베어 물었는데 정말 맛
있었다. 오늘 모든 피로를 날려주는 그런 기분이 들었다. 오는 길에
편의점에 들러 컵라면과 빵을 하나 사서 저녁으로 먹고 다음 할 일
을 위해 샤워를 했다. 샤워하던 중, 코에서 코피가 흐르는데 참….
'내가 지금 몸이 안 좋긴 하구나…' 하는 생각을 하게 되었다.

몸이 완전히 회복되지 않아 힘들었지만, 그날 게스트하우스에서 만난 사람들의 인생 이야기를 듣고 싶어 오늘 해야 할 일을 빨리 마무리하고 공용공간에 가서 함께 이야기를 나눴다. 8명이 대화를 나눴는데 대부분 이직을 결정하고 여행하러 온 사람이 대부분이었다.

"제가 게스트하우스 로망이 있는데 게스트하우스에서 만난 사람들이랑 각자 살아온 인생 이야기를 하면서 대화를 해보고 싶어요! 제 로망 이뤄주시겠어요?" "그럼 먼저 해보실래요?"라는 답변을 받아 나의 이야기를 했는데 "대단하시네요, 멋져요."라는 대답이 돌아왔고, 거기까지였다. 나는 각자의 살아온 한 사람의 인생 스토리를 나누고 듣고 싶어 진지한 대화를 하고 싶었지만, 사람들이 많아서 그런지 자연스럽게 이어지지 못했다. 그냥 가벼운 이야기들을 하며 대화를 마무리했다. 그리고 다들 나보고 동안이라는데…. 동안이라는 말 처음 들어봤는데…. 기분 좋으니까 그냥 감사하다고 했다.

오늘 가장 큰 변화는 무조건 목표를 끝내야 한다는 것이 아닌 조금은 여유를 갖고 과정을 즐기며 걷게 되었다. 그래서 자연스럽게 본질을 이행하고 있다는 생각이 들었고 마음이 한결 가벼워졌고 많이 편안해졌다. 그러다 보니 여유까지 생겼다.

매일 기적 같은 하루하루가 믿기지 않고 너무 행복하다. 왜 지금까지 이렇게 살지 못했을까 하는 생각이 스쳐 지나간다. 그렇지만 지금까지는 오늘을 위한 과정이라고 생각하며 감사하고 현재에 더 집중해서 매일매일을 살아가겠다. 미래는 더 따뜻하고 행복하고 더 박진감 넘칠 거니까.

매일매일이 선물 같은 하루에 감사하며 침대에 누워 바로 잠을 청했고 이렇게 제주도에서의 두 번째 날이 지나가고 있었다.

3일차 : 어제와 더 나은 오늘의 선택, 그것 또한 성장이다

제주 3일차 나의 목표는 나를 사랑하고 이해하고 수고했다고 이야기하는 나의 여행 본질을 의식적으로 실천하기로 한 날. 내 맘대로 되는 것은 아니지만 그래도 의식적으로 실천을 해보려고 결심한 날이다.

날씨는 너무 좋았다. 하늘은 예뻤고 바람은 딱 적당하게 불어왔다. 무엇보다도 내 기분은 또다시 새로운 오늘을 시작한다는 부푼 기대로 기분 좋게 시작했다.

걷기 시작한 지 한 시간, 어깨가 아프기 시작했다. 바로 보이는 쉼터에서 가방을 벗고 잠깐 쉬고 출발했다. 엄청난 변화다. 몸에 살짝이라도 무리가 오니 쉬어가겠다고 선택한 것. 이건 정말 어제보다 더 발전한 결정을 내렸다. 이렇게 느끼고 깨닫고 그걸 실천하며 조금씩 성장하는 거 아닐까?

게스트하우스 만난 대구 형님들이 반드시 꼭 가라고 추천해줬던 '송악산', 정말 내겐 선물이었다. 걷는 순간순간이 너무 좋았는데 왜 좋은지 생각을 해보니까 이유를 모르겠더라. 그냥 좋았다. 좋아하는 데는 이유가 없는 것처럼 나는 송악산을 걸으면서 그 기분을 느꼈다.

둘레길 한 바퀴 걷는다는 생각으로 가볍게 산책하면 정말 좋은 곳이었다. 나무들과 야자수, 바다가 보이고 가파도와 마라도가 보이는 길을 둘레길을 따라 천천히 걸으면 걸을수록 너무 좋은 곳. 우연히 만난 장소, 최고의 추억. 내게 최고의 선물이었다.

뜻밖에 최고의 선물을 받았으니 몸이 완전히 다 회복되는 느낌이었다. 즐거운 마음으로 걷기 시작해 해안도로를 따라 유채꽃밭을 지나 감귤밭을 지나갔다. 우연히 지나가다 보게 된 음식점, 검색이나 해보자 했는데 리뷰가 3000개가 넘었던 음식점. 바로 들어가서 갈치 정식을 주문했고 건강한 점심 한 상을 먹었다. 밥을 먹었는데도 불구하고 이상하게 오늘은 힘이 없었고 천천히 목적지를 향해 걸어갔다. 첫날 무리했던 몸 상태는 아직 회복되지 않았고 몸이 좋지 않음을 느꼈다. 출발을 일찍 했기에 오후 4시가 넘은 이른 시간에 게스트하우스에 도착했다. 게스트하우스 앞에서 예약하고 안내받고 방에 들어가자마자 전기장판을 켜고 침대에 누웠다. 여전히 몸이 좋지 않음을 느꼈고 빨리 회복하겠다는 생각으로 깊은 잠을 청했다.

자고 있는데 사람이 방에 들어오는 소리가 들렸고 나는 자연스럽게 잠에서 깰 수 있었다. 자고 일어났지만, 여전히 몸이 좋지 않음을 느낄 수 있었다. 누워있는 건 예의가 아닌 거 같아 괜찮은 척하며 반갑게 인사하며 대화를 나눴다. 한라산 정상 등반을 하고 게스트하우스로 오신 현직 국회의원 비서직 친구, 휴가차 오셨다고 한다. 나보다 한 살 어린 28살 동생이었지만 인생의 경험은 어마어마했다. 20살 이후 돈을 벌겠다는 하나의 이유로 시작했던 다양한 일들, 가장 기억에 남는 것은 덤프트럭이었다. 22살 군 전역 후 2억 5천에 덤프트럭을 사서 2년 일하다가 미래가 없다고 판단하여 그만둔 경험이 있는 친구. 중고로 1억 4천에 차를 팔았지만, 현재는 남아있는 그 빚을 갚으면서 살아가고 있다고 했다.

저녁 7시가 다 되어가는 시각, 저녁을 먹어야 했는데 몸이 완전히 회복되지 않아 따뜻한 국물을 먹고 싶었다. 운이 좋게 발견한 국밥집에서 국밥 한 그릇 든든하게 먹고 다시 숙소로 들어와서 샤워하는데 코피가 쏟아지기 시작했다. '멈춰라, 멈춰라' 몇 번을 스스로 외

쳐보지만, 코피는 멈추지 않고 하염없이 흘러내렸다. '이제는 멈출 때가 됐는데'라며 생각하지만 멈추지 않는다. 끊임없이 흘렀다. 점점 '잘못되는 건 아닌가'하며 걱정이 되기 시작했고 불안해지기 시작했다.

체력에 자신 있었던 나였지만 군 전역 후 지금까지 헬스(무산소운동)만 했지, 육체적인 활동을 하지 않았고 앉아서 공부하고 생각 근육만 써왔다. 너무 오랜만에 몸 근육을 사용하다 보니 무리했고 이런 일이 생기는 것이 아닌가 하는 걱정을 했다. 그렇지만 몸이 적응할 시간이 필요한 것이고 곧 괜찮아질 거라며 나를 위로했다.

코피는 끊임없이 흘렀다. 서둘러 휴지로 막아보지만, 온통 피가 스며들어 소용이 없었고 콧대를 있는 힘껏 눌러도 소용없었다. 하염없이 흐르는 피, 이걸 보니 '내 몸이 많이 힘들구나, 많이 안 좋구나' 하는 생각이 든다. 앞으로 결과를 맺기까지 해야 할 일은 너무 많다. 그렇지만 내 몸은 괜찮지 않은 거 같다.

씻고 나오니 또 다른 새로운 분이 방으로 들어오셨고 현지인 맛집으로 알려진 '제줏댁, 구 덕승식당'을 운영하시는 요식업 사장님이셨다. 너무 인상이 좋았고 요리를 사랑하시는 분이었다. 내일 처음으로 마케팅 계약을 하신다고 하시길래 그 순간 나의 오지랖이 발동해 괜찮으시면 계약서를 확인해 드린다고 했다. 나의 조건 없는 호의에 감동하신 사장님께서는 정말 고마워하셨는데 사장님께서는 너무 감사하다며 치킨과 술을 다 사겠다고 하셨지만, 나는 내일도 걸어야 하므로 야식은 부담스럽고 술은 먹지 않는다며 조심스럽게 사양했다. 사실 요식업 사장님들이 마케팅은 잘 모르셔서 믿고 마케팅 업체에 맡기는 경우가 대부분이다. 그렇지만 그 믿음에 보답해 주지 않은 경우가 허다하다. 다 그렇다는 이야기는 절대 아니다. 그래서 계약 전 사장님께 확인해야 하는 부분들을 말씀드렸다. 감사하다며 사장님은 가까운 편의점에 가셔서 과자와 과일들을 사 오셨고 휴게실에 모여 함께 과자를 먹으며 각자 살아온 인생에 대해 대화하며 정말 즐거운 시간을 함께 보냈다.

휴게실에서 돌아와 각자 침대에 누워 잠을 청하려는데 사장님께서 내일 아침밥을 대접하고 싶다고 하셨다. 나는 내일의 목표와 계획에 있어 다시 한번 거절했지만, 더 이른 아침에 준비하면 된다며 가게 가서 아침 먹고 가라며 아침을 해주신다고 하셨다. 심지어 일주일에 한 번 내일은 쉬는 날이셨다. 또 거절하는 것은 예의가 아니라고 생각해서 함께 아침을 먹기로 했다.

"휴식" 지금까지 나였다면 하지 않았을 새로운 방법으로 엄청난 결정을 내렸다. 마침 제주도에는 비가 내린다는 예보가 있었고 몸이 완전히 회복되지 않아 지금까지 무리한 나 자신을 위해 그리고 새로운 삶을 사는 나에게 휴식을 선물하기로 했다. 제주도에 오기 전, 비 소식이 있다는 걸 확인하고 왔기에 우비, 가방 방수커버, 슬리퍼까지 준비를 해왔었다. 비 오는 자체가 난 너무 좋았었다. 딱 하루 정도 비까지 와서 그 길을 걷는 내 모습을 상상하니 비 오는 것까지 정말 이번 여정은 너무 완벽하다고 생각했다. 하지만 나는 과거의 나와 다른 결정을 내렸다. 쉬어가기로. 누구에게는 일반적이고 평범해 보이는 이 결정이 내게 있어서는 엄청난 결정이다. 전천후 어떤 일이 있더라도 반드시 해야 하고 해내겠다는 나였지만, 쉬어가기로 했다. 어제보다 더 나은 오늘의 선택은 나를 더 발전시키는 것이기에. 이 결정이 내가 오래도록 안전하게 도전하게 하는 최고의 결정이 될 것이라 믿었다. 무엇보다도 아직 해야 할 것들이 너무나도 많다. 제주도 한 바퀴 걷기, 한라산 정상 등반, 울릉도 한 바퀴 걷기, 성인봉 등반까지! 그뿐만 아니라 다녀와서는 글 쓴 거 정리해서 일주일 안에 출판사에 보내야 하고, 사진전과 강연까지 해야 한다. 이거 끝나고도 앞으로 할 일들이 너무 많다. 무궁무진하다. 이건 장기전이다. 그렇게 결국 나 자신을 위해 쉬어가기로 했다.

4일차 : 현명한 선택, 휴식

제줏댁 형님은 계약을 위해 먼저 나가셨고 아침에 일어나서 씻고 준비해서 비서직을 수행하는 태선씨와 차를 타고 중문 해수욕장으로 향했다. 바다를 보고 멍하게 앉아 있는데 '내가 처음 느끼는 여유네'라는 생각이 들었다. 어쩌면 걷는 것 또한 마음에 여유는 없었던 건 아닐까 하는 생각이 들었다. 그래서 지금 이 시간이 내겐 너무나도 소중했다.

형님 가게에 가기 위해 주차장으로 돌아가려는 길, 천혜향을 판매하는 아주머니가 계셨다. 어제 숙소에서 대화하며 내가 귤을 먹고 싶은데 한 번 사면 혼자서 너무 많은 양을 먹으려니 많고 몇 개 먹고 가방에 넣어서 다니면 짐이니까 천혜향을 못 먹었다고 이야기했었다. 그 대화를 기억하고 내게 선물로 줬다. "형, 걸으면서 하나씩 드세요"라고 말하며 건네주는데 얼마나 고마운지….

형님은 우리를 위해 갈치조림을 준비해주셨다. 짜지 않은 간, 말도 안 될 정도로 부드러운 살집은 정말 처음 먹어 본 맛이었다. 그 비법은 냉동 갈치를 안 쓰고 신선한 갈치를 그대로 쓰기 때문에 이런 맛이 나올 수 있다고. 너무 맛있었다. 정말 엄청 맛있었다. 감동의 영화가 있다면 결말은 이 갈치조림이라는 생각이 들었다. 그 정도로 너무 맛있었다. 배 터질 듯한 즐거운 아침 식사를 하고 함께 카페로 이동했다. 빵도 먹고 차도 마시고 같이 사진도 찍고 대화도 하며 처음 만났지만 어떻게 이렇게까지 친해질 수가 있는 거지 싶을 정도로 가까워지며 너무 좋은 친구들이 생겼다.

　내게 귤을 선물한 태선씨는 비행기 이륙 시간이 다가와 공항으로 돌아가야 했다. 왜 이렇게 아쉬운지. 어제 저녁에 만나 오늘 낮까지 짧다면 정말 짧은 만남인데도 불구하고 너무 아쉬워 나도 모르게 울컥하더라. 정말 진심으로 너무 아쉬웠다. 짧은 시간 동안 정도 많이 들고 대화도 많이 했기에 엄청나게 가까워졌고 서로 챙겨주며 너무 많이 친해졌다. 아쉬운 마음은 숨길 수 없어 계속 아쉽다며 몇 번을 붙잡고 이야기했다. 그래도 헤어짐이 있어야 또 만나는 것이라며 아쉬움을 뒤로하고 인사를 했다.

　이젠 형님과 나 둘이 남게 되었다. 형님께서 제주도에 지인이 하는 맛있는 햄버거집이 있다며 나를 데리고 가셨다. 갈치조림이 너무 맛있어서 그 감사함을 표현하기 위해 내가 대접했고 형님이랑 맛있게 먹었다. 즐겁게 대화하며 좋은 시간을 보내는데 먹는 도중 코를 살짝 건드렸다. 그 순간 코피가 나기 시작했고 휴지로 막으며 화장실로 달려갔다. 코피는 정말 쏟아져 내렸다. '언제 멈출까, 언제 멈출까'를 반복하면서 꽤 오랜 시간을 화장실에 있었다. 코피를 흘린 걸 본 형님은 너무 걱정스러워했지만, 형님께서 계획한 다음 일정이었던 금오산은 정말 좋은 곳이라기에 꼭 가고 싶어 내가 같이 가자고 했다. 그리고 함께 오른 '금오산' 즐거운 마음으로 형님이랑 즐겁게 올라갔고 날씨는 맑지 않았지만 구름이 낮게 깔려있어 그만의 매력을 느끼며 천천히 걸어 올라갔다. 정말 많은 것을 구경시켜주고 맛보게 해주고 싶어 하는 형님의 진심이 너무나도 느껴져서 너무나도 감사했다. 맛있는 흑돼지 가게를 함께 가자고 하셨지만, 나의 오늘의 여행 테마는 '휴식'이었기에 호텔로 이동했다.

제주도 오면 언제든 연락하고 오라는 형님, 먹고 싶은 거 다 만들어주신다고 하셨다. 언제든 제주도에 오면 갈 곳이 생겼고 좋은 친구가 생겼다. 4시쯤 호텔에 도착해 TV 예능도 보고, 세탁기도 돌리고, 옷도 널며 여유로운 시간을 보내다 7시쯤 일찍 잠이 들며 하루를 마무리했다.

5일차 : 좌충우돌 여행, 긍정적 관점

새벽 4시 기상, 어제저녁 7시에 잠이 들어 일찍 자고 일찍 일어났다. 유튜브 편집 작업을 해서 업로드하고 옷 말리고 하다 보니 6시 30분, 샤워하는데 다시 코피가 나기 시작했다. 코피가 잘 멈추지는 않았지만 그래도 어제보다는 덜 나고 또 그저께보다는 조금 더 덜 나는 거 같아 그것에 감사했다. 호텔에서 혼자 따뜻하게 푹 쉬어서 그런지 출발하는 지금 너무 기분이 좋았다. 서귀포 근처에 있는 호텔에서 묵었기 때문에 다시 중문 게스트하우스로 돌아가 오늘의 시작을 하려고 했다. 버스정류장에 가서 버스를 타고 가는 길, 뭔가 이상한 거 같아 네이버 플레이스 지도를 열었는데 목적지와 반대로 가고 있는 버스에 내가 탑승했다는 걸 확인하고 바로 내렸다. 내리자마자 발견한 반대편에서 오는 버스, 중문으로 가는 것을 확인하고 허겁지겁 달려 다행히 바로 탑승했다. 정말, 어이가 없다. 마음대로 안 되는 게 여행이라지만 아침부터 정말 당황스럽다. 물론 이렇게 나는 반대 버스를 타고 출발지로 돌아가지만 그래도 시작할 수 있음에 감사하며 중문 게스트하우스로 돌아가 본격적인 출발을 했다.

시작은 어설펐지만, 끝은 창대하리라!

날씨, 하늘, 바람, 풍경 안 좋은 게 하나도 없는 완벽한 날이다. 내가 보낸 제주도에서의 5일 중 날씨는 가히 최고였다. 하늘은 너무 예뻤고 햇볕은 따스했고 바람은 선선하게 불어왔다. 걸으면서 보이는 바다, 유채꽃, 벚꽃길은 정말 말로 설명할 수가 없었다.

하루 쉬고 걸어서 그럴까? 출발지에서 시작한 지 한 시간 만에 어깨와 허리가 아파지기 시작한다. 멀리서 보이는 정자, 곧장 향해 잠깐 쉬면서 물 한 모금 하고 다시 신발 끈을 묶고 출발했다. 출발 두 시간, 점점 기분이 좋아진다. 물론 정확한 이유는 모른다. 걷는 것이 다시 적응된 거 같아 그냥 즐겁게 걸어간다.

노랗게 물들어 있는 유채꽃 풍경을 만나고 도로마다 가득 피어있는 벚꽃을 만나며 풍경을 감상해본다. 남서쪽 제주의 바다와 풍경을 사진과 영상으로 담으며 추억을 남긴다.

누나는 내가 제주도 걷는 내내 연락이 와서 맛집도 추천해주고 들렀으면 하는 곳도 알려준다. 가면서 커피 마시라고 스타벅스 쿠폰도 보내주고. 이렇게 항상 챙겨주는 우리 누나는 내게 부모님과 같은 정말 특별한 존재다.

난 평소 우리 누나가 있어서 너무 좋다는 말을 항상 한다. 누나에게 가진 고마움은 고맙다는 말로는 다 담을 수 없다. 가장 힘들었던 순간에는 버팀목이 되어주었고, 내가 무엇을 하든 어떤 선택을 하든 누나는 일단은 믿어줬고 든든한 지원자가 되어주었다. 그런 누나가 있었기에 누나 덕분에 나는 멋진 사람으로 성장할 수 있었고 지금의 내가 있다. 한편으로는 미안한 마음이 크다. 누나가 가진 책임감, 그 무게가 너무 무거운 건 아닐까 하고. 윤유경이라는 최고의 누나를 만나 나는 그냥 누나 뒤를 밟으면서 내가 하고 싶은 대로 지내온 건 아닐까 하며.

그러하기에 누나는 내게 세상에서 가장 특별한 사람이다. 나도 누나에게 든든한 사람이 되어야 한다는 생각은 하지만 그러려고도 하는데 잘 안되는 거 같긴 하다. 그렇다고 누나에게 철부지 동생이고 만 싶지 않다. 가끔은 누나를 잘 챙겨주는 믿음직한 오빠 같은 동생이 되고 항상 뒤에서 묵묵히 지켜주는 아빠 같은 동생이 되어주고 싶다. 나는 항상 누나 만나면 장난만 쳐서 누나 화나게만 했는데, 내가 누나를 너무 좋아해서 이렇게밖에 표현 못 하는 거 누나가 잘 알겠지? 이 책을 읽는다면 알아주기를 바란다. 윤유경이 내 누나라서 정말 고맙다. 진심으로 감사하다. 항상 마음속에 가지고 있었던 고맙다는 말, 누나에게 너무 감사해 고맙다는 메시지를 보내며 나는 행복하게 걸어간다.

지나가는 길에 우연히 발견한 '다정이네 김밥', 제줏댁 형이 추천해준 김밥집이라 간판이 눈에 들어왔고 돈까스를 먹겠다는 생각에 지나쳤다. 계속 머리에서 떠나가질 않아 다시 돌아가서 김밥 한 줄 주문했고 나중에 바다 근처 가서 쉬면서 먹으려고 한 줄 샀다. 조금 더 걷다 보니 발견한 돈까스 집에서 돈까스를 먹었는데 특별한 점은 없었고 내가 항상 먹어왔던 일반 돈까스였다. 그래도 배부르게 든든한 한 끼를 먹었다.

천천히 길을 따라 걸어갔다. 우연히 발견한 천지연 폭포 간판, 고등학교 2학년 때 수학여행에서 가봤는데 추억에 잠겨 내 발걸음이 자연스럽게 향했다. 입장표를 끊고 걸어 들어가 천지연 폭포를 보며 한 30분은 의자에 앉아 여유를 가졌다.

11년 전 고등학교 추억을 뒤로하고 게스트하우스에 도착했는데 예약을 할 수 없다고 하더라. 오늘 주인아주머니께서 안 계셔서 예약을 못 한다고. 좌절했다. 그럼 1시간 30분을 더 걸어가야 게스트하우스가 있는데. 나 오늘은 여기까지 하고 싶은데. 정말 마음대로 되는 것이 하나도 없다. 일단은 밥부터 먹어야지. 근처 편의점이 있어 컵라면을 하나 사서 나왔다. 점심때 사 온 김밥과 컵라면, 바다를 보고 먹는 김밥과 컵라면은 정말 최고였다. '김밥은 어쩌면 정말 완벽한 음식이 아닐까?'라는 생각도 함께 들었다. 요식업을 한다면 정말 김밥을 팔아 세계로 가야 하지 않을까?

저녁을 다 먹고 벤치에 앉아 주변 펜션을 찾아봤는데 가격이 몇 배 차이다. 그래도 다행히 40분만 더 걸어가면 펜션이 있긴 했다. 외관이 허름했기에 '여기 가도 되려나?'라는 생각이 들었지만, 내부는 엄청 깔끔했던 리뷰를 확인하니 마음이 안심되었다. 거기다가, 가격까지 착해 다시 걷기 시작해 펜션에 도착해서 깨끗한 방에서 바로 쉴 수 있었다.

어떤 일이 일어나고 시행착오를 겪을 때는 어떤 관점으로 그 상황을 바라보는지가 중요하다. 긍정적인 관점을 가지느냐, 아니면 부정적인 관점을 가지느냐. 결국, 이것도 선택이다. 내가 예상한 상황, 예상하지 못한 상황, 살다 보면 정말 수도 없이 많은 일을 마주하게 된다. 이걸 어떻게 바라보고 선택하며 해석하는지가 중요하다고 생각하며 오늘 하루를 마무리했다.

6일차 : 우연한 인연, 소중한 기억

깊은 잠을 자고 눈을 뜨니 눈꺼풀은 떨어지지 않았지만, 기분은 좋았다. 몸은 무거웠지만 가벼운 것처럼 행동하며 바로 나갈 준비를 했다. 펜션 앞에 보이는 편의점에서 아침으로 먹을 단팥빵을 사서 나왔다. 걷고 있는 오늘의 길은 또 새로웠다. 이상하게도 몸은 평소보다 더 가벼웠고 가방은 똑같은 물건들이 들었는데도 훨씬 가벼웠다. 뭐가 달라진 걸까? 한참을 생각했지만, 생각을 멈추기로 했다. 아무렴 어떻냐!? 나는 지금이 좋은데! 글을 적고 있는 지금 추측을 해보자면 아마 몸 컨디션이 완전히 회복되어 그런 것이 아닐까? 하는 생각이 든다.

오늘은 바람이 차고 많이 분다. 나는 앞에 보이는 버스정류장 의자에 즉시 가방을 내려 패딩 조끼를 꺼내 들었다. 옷을 확실하게 껴입으며 내 몸을 따뜻하게 보호했다. 여행 시작 전, 나만의 안전철칙을 가지고 있었지만, 밖에서 일어나는 상황에서의 안전이었지 옷을 따뜻하게 입어야 한다 등 내 몸을 지켜야 한다는 생각은 가지고 있지 않았었다. 첫날, 추위를 참으며 계속해서 걸으니 몸의 기운이 뚝 떨어지면서 안 좋아졌고 결국 고생하며 깨닫게 되었다. 그날의 경험을 통해 나는 과거보다 오늘 더 나은 선택을 했고 이렇게 나만의 안전을 계속해서 적립해 나가고 있었다.

컨디션이 좋으니 날아갈 거 같다. 무겁게만 느껴졌던 가방은 가볍고 한 걸음 한 걸음 걸어가는 발걸음 또한 너무 가볍다. 텐션은 업, 웃음이 절로 나며 정말 행복했다. 이런 나의 발걸음은 엄청 빨랐고 예상했던 시간보다 훨씬 일찍 점심 장소에 도착할 수 있었다.

'마더 카페' 가는 경로에서 점심을 먹을 수 있는 곳을 찾았다. 내 마음을 끌어당긴 것은 단일 메뉴인 '어머니의 사랑이 담긴 가정식 백반♥' 뭔가 우리 엄마가 해주는 밥일 것만 같은 반찬이 많고 사랑이 가득 담긴 집밥이 아닐까? 라는 기대감에 여기로 정했다. "안녕하세요, 어머니. 밥 먹을 수 있을까요?" 택배를 싸고 계신다고 정신이 없으셨던 어머니께서 '지금은 좀 힘든데'라며 거절하셨지만, 마음이 불편하셨는지 결국 받아주셨다. 이 식당은 사전에 전화예약을 먼저 하고 방문해야 하고 2인 이상 받는 곳이었다. 어떤 이유에서인지 모르지만, 어머니께서는 받아주셨고 단, 메인요리는 지금 당장 할 시간이 없어 반찬들과 먹어도 되냐고 내게 양해를 구하셨다. 나는 흔쾌히 밥이랑 국만 있어도 괜찮다고 말씀드리며 들어갔다. 어머니께서 먼저 천혜향 주스를 한 잔 주셨고 9개 반찬과 밥과 국을 준비해주시며 어머니께서는 더 먹고 싶은 음식들 가져다 먹으라며 먹고 싶은 만큼 배부르게 먹고 가라고 하셨다. 반찬들을 하나씩 먹는데 정말 하나하나 너무 맛있었다. 직접 농사지은 것으로만 만든 반찬들을 먹으니 정말 너무 맛있었다. 정말 너무너무 맛있어서 어머니께 "어머니 정말 너무 맛있어요!" "원래 어머니 음식 솜씨가 좋으신가요!?" 내 마음에 있는 말들을 마구마구 쏟아냈다. 정말 너무 맛있었다. 간은 짜지 않고 내 입맛에 딱 맞는 최고의 맛이었다. 생선구이, 고기 등 메인은 없었지만 나는 반찬만으로도 충분히 제값 이상했다는 생각이 들었고 여기는 무조건 다시 와야겠다는 생각을 하게 되었다. 평소 밥을 한 공기 이상 잘 먹지 않지만, 밥을 한 공기 더 가져와서 먹었고 필요한 반찬들을 가져다가 먹었다. 정말 다시 생각해도 너무 맛있었다. 식사를 마칠 때쯤 어머니의 택배 업무도 함께 마무리되어가고 있었다. 그리고 시작한 대화….

어머니께서는 서울 마포에서 살다가 남편이 돌아가시고 11년 전에 친정엄마와 시어머니와 함께 제주도에 내려오셨다고 했다. 처음에는 여행도 다니고 여유롭게 살아야겠다는 생각으로 내려오셨지만 어른들 모시고 장사도 하시다 보니 여행 한 번 제대로 가신 적이 없다고 하셨다. 4년 전까지만 해도 부모님을 모시고 계셨던 어머니는 74세가 되셨다. 이제는 뭘 하고 싶어도 시작한다는 두려움에 시작을 못 한다고 하신다. 무엇보다도 자신을 위해 사신 적이 없으셔서 어떻게 해야 하는지 모른다고 하셨다. 그렇지만 이제는 장사하면서 사람들 만나고 대화하며 자신이 정성껏 만든 맛있는 음식을 먹어주는 손님들의 모습에 가장 큰 행복을 느끼시면서 사신다고.

"살아보니 인생이 짧더라, 그러니 하고 싶은 거 하면서 살아라."

과연 하고 싶은 거 하면서 사는 사람이 몇이나 될까? 거의 없다. 어머니 말씀대로라면 인생은 짧으니 한 번쯤 내가 하고 싶은 거 하면서 살아도 되지 않을까?

이 말을 남기시고 어머니는 택배 부치러 차를 타고 떠나셨다. 나는 같이 사진을 남기고 싶다고 말씀드렸고 함께 촬영하며 어머니께 인사를 드렸다. "어머니, 또 올게요! 정말 감사합니다!"

혼자 식당을 운영하시는 어머니, 돌아오면 좀 쉬시면 좋겠다는 마음에 설거지를 했다. 다른 손님이 먹은 것과 같이 설거지를 하고 있었는데 어머니께서 돌아오셨다.

나를 발견하신 어머니는 왜 그러냐고 괜찮다며 하셨지만, 어머니께 드리는 저의 작은 선물이라고 말씀드리니 "아이고, 나는 설거지 해주는 사람이 가장 좋더라."라고 말하시며 크게 웃으셨다. 어머니,

취향 저격 성공이다! (설거지해주는 사람이 가장 좋다던 어머니, 다음에도 제가 할게요!)

설거지를 마치고 어머니께서 챙겨주신 한라봉을 가방에 넣으며 짐을 쌌다. 짐을 싸면서 어머니와 대화했고 항상 감사하다는 말을 하는 나를 보고 어머니께서 "재백씨는 성공했네요"라는 말씀을 해주셨다. 그리면서 어머니께서 생각하는 성공의 정의에 관해 이야기해 주셨다.

사소한 것에 감동하고, 사소한 것에 기뻐하고, 사소한 것에 만족하고, 사소한 것에 행복해하는 것, 즉, 작은 것들에 소중함을 느낄 수 있는 그것이 성공이 아닐까? 라는 말씀을 해주셨다.

누구에게는 성공이 명예일 수도, 누구에게는 성공이 돈일 수도, 누구에게는 성공이 베풂일 수도 있다. 누구나 가진 성공의 정의는 다르지만, 어머니는 평범하지 않은 70년이 넘는 세월을 살아오시면서 어머니 인생에서 내린 성공의 정의를 말씀해주셨다. 그런 의미에서 어머니는 누구보다도 성공한 최고의 인생이었다.

그렇다면 어쩌면 나도 지금 성공한 삶을 살고 있지 않을까? 앞으로 나를 속박하지 않아도 괜찮지 않을까? 그러면서 난 벌써 성공한 삶이라 생각하며 이제부터는 나를 이해하고 더 사랑할 것이라 다짐했다.

언제든지 제주도 놀러 오면 꼭 방문하라는 어머니, 다락방까지 내주신단다. 나는 오늘 제주도에 어머니가 한 분 생겼다. "건강이 최고예요. 어머니, 건강 잘 챙기시고 아프지 말고 지금처럼 오래오래 행복하게 사세요. 책 출판하고 어머니께 책 한 권 선물 드리러 오겠습니다. 그때도 맛있는 밥 해주세요! 정말 감사합니다, 어머니."

든든한 점심을 먹고 출발한 여정, 아침에 나온 거처럼 발걸음은 가벼웠고 가방은 더 가벼워졌다. 컨디션이 물론 회복되었겠지만, 어머니와 함께 한 시간은 정말 내게 진한 여운이 남는다.

재백씨 덕분에 오늘 하루 종일 행복할 거 같다던 어머니의 마지막 인사, 어머니 덕분에 오늘도 안전하고 무사하게 그리고 즐겁게 오늘의 여정을 마무리할 수 있었습니다. 진심으로 감사드립니다. :)

7일차 : 깨달음, 노력했지만 지금까지 변화하지 못한 이유

아침에 눈을 떴는데 푹 잘 잤다는 느낌과 함께 기분 좋게 일어났다. 어제부터 기다렸던 사장님께서 직접 만든 수제 귤 쨈, 나는 엄청난 기대감과 함께 토스트를 만들어 먹으러 주방으로 갔고 두유와 함께 아침 식사를 했다. 정말 딱 귤 맛이 나는 쨈이었고 토스트 하나는 뭔가 아쉬워서 직접 만드신 딸기잼을 빵에 발라 토스트를 만들어 먹었다. 든든하게 먹고 출발.

오늘의 날씨는 바람이 불고 바람이 차가웠다. 나는 몇 걸음 못 가 가방을 벗어 패딩 조끼를 꺼내서 몸을 따뜻하게 보호했다. 내 몸을 지키겠다는 안전 수칙을 잘 지켜낸 엄청난 행동이었다. 현명한 선택을 한 나 자신에게 칭찬을 해주고 싶다.

오늘 나에 대해서 새로운 발견을 하게 되었다. 예쁜 집 사진을 찍을 때면 항상 빨간 지붕이 있는 흰색 집을 담았다. '내가 좋아하는 집 외관 모습을 알게 된 거 아닐까?' 사소한 것일 수도 있지만, 나에 대해 이렇게 조금씩 알아가고 있었다.

몸이 완벽 적응을 한 거 같다. 계속해서 걷고 있지만 내 몸은 가볍고 가방 또한 가볍게 느껴진다. 이 기세라면 전 세계를 걸어서 여행할 수 있겠다.^^

제주 여행을 시작한 지 7일째, 여유가 생겼다. 지금까지는 목표 지점까지 빨리 가야만 할 것 같았다. 계속해서 걷고 있어야 할 것 같은 조급함이 있었지만, 이제는 마음의 여유가 생겼다. 예쁜 경치가 있으면 여지없이 앉아서 구경하고 몸이 힘들면 쉬어도 가고 관광 명소에 가면 그 자체로 여유를 즐겼다. 이것 또한 내게는 정말 엄청난 큰 발전이다. 하루하루 이렇게 달라지고 변화하고 있는 나 자신이 나도 새롭게 느껴진다. 무엇보다 지금 나의 모습이 너무나도 자연스러워서 좋다.

오늘은 내가 지금까지 왜 변화하지 못하고 실패하는지에 대해서 생각하고 깨닫게 된 정말 뜻깊은 하루다.

성공과 실패의 핵심적인 차이는 "행동", 행동을 하느냐 마느냐이다. 성공한 사람은 소수다. 왜냐하면, 대부분 생각에서 그치지 행동하지 않기 때문이다. 일반적으로 생각만 많이 하기에 생각에서 그치기 쉽고 행동하지 않기에 아무 일도 일어나지 않는다. 목표를 설정하고 목표를 이루기 위한 행동을 하나씩 해나가는 그 과정에서도 우리는 끊임없이 생각하게 되는데 우리는 이 순간에서도 행동해야 한다. 행동을 멈추고 생각하는 순간 생각은 생각의 꼬리를 물고 끊임없이 생각을 낳는다.

하기로 결정했으면 그냥 하는 거다. 결정했으니 행동 계획을 세우고 그 과정을 그냥 만들어가면 되는 것이다. 그렇기에 그냥 하면 된다.

내가 잘했을 때를 돌이켜보면 무엇을 하기로 결정하고 행동 계획을 세워 오늘 해야 할 일을 했다. 그래서 나는 결국 목표를 성취하고 모든 걸 해낼 수 있었다.

하지만 이번 주를 돌이켜보면 '내가 책을 쓰는 것이 가능할지?, '강연을 할 수 있을지?, 사진전을 할 수 있는 것인지?' 정말 많은 걱정과 생각을 하면서 보냈다. 정해진 것이 아무것도 없는데도 불구하고 과거 경험에 비추어 일반화하고 보편적으로 생각해 나 자신에 한계를 스스로 정해버리며 못할 거라며 나 자신을 제한했다.

성공한 사람은 행동할 뿐이다. 물론 충분히 고민하고 생각할 시간이 필요하지만, 행동해야 할 때가 왔을 때는 더 이상의 생각은 멈추고 끊임없이 목표를 향해 행동할 뿐이었다. 오늘도 정말 엄청난 깨달음을 얻었다. 느끼고 깨달았으니 이제는 실천이다. 실천이 없는 깨달음은 시간이 지나며 잊혀지기에 본질에만 집중해 행동계획에 맞게 할 일을 해나가야겠다.

기적은 선택이다. 기적은 기다림이 아니다. 그렇다면, 매일 기적이 일어나는 것을 만들면 된다. 행동하면 되니까.

8일차 : 여행하면서 남는 건 결국 사람이구나, 인생 또한 그렇지 않을까?

오늘은 어떤 사람을 만나고 어떤 일이 일어날까? 그리고 어떤 음식을 먹게 될까? 어떤 일들이 일어날지 모르기에 기대감으로 하루를 시작했다.

걷기 시작했다. 마음이 편안하다. 어떤 이유에서 내 마음이 편안한지는 잘 모르겠다. 내가 목표한 지점까지 얼마 남지 않아서 그런 건지 아니면 이 과정들을 거쳐 오면서 여유를 찾은 건지. 이유는 잘 모르겠지만 마음이 편안하니 내딛는 발걸음도 가볍고 무겁게만 느껴졌던 가방도 가볍게 느껴진다. 지금이 좋으니 됐다.

정확히 지난주 일요일 새벽 제주공항에 도착했는데 오늘이 제주도에 온 지 일주일, 일요일이라니 제주에서 보낸 장면 하나하나가 내 머릿속을 스쳐 지나갔다. 시간이 많이 흘렀다. 나는 그 시간 동안 제주도 한 바퀴를 거의 다 돌았고 글도 쓰고 영상도 찍고 사진도 남기며 다음 단계를 위한 준비도 꾸준히 해왔다. 짧은 시간에 정말 많은 일들이 있었다. 그러하기에 앞으로의 여정 들에서 어떤 일이 일어날지 너무나도 기대된다.

아침은 편의점에서 간단하게 김밥을 먹으려고 했는데 제주도까지

와서 편의점에서 배를 채우려니 배가 너무 아깝더라. 우연히 보였던 구좌읍에 위치한 '통영 충무김밥'. 들어가서 어머니께 인사를 드리고 자리에 앉았다. 어머니는 정말 너무나도 친절하게 나를 반겨주셨고 그 자체만으로도 내 기분은 너무나도 좋았다. 나는 평소 어른들께 잘한다고 생각하는데 특히 어머니들과 정말 잘 지낸다. 그래서 어머니랑 서로 질문도 하고 대화도 나눴다. 나 보니깐 아들 생각이 난다며 더 많이 주셨다. 주시면서도 걸으려면 많이 먹어야지 힘 난다면서 다 먹고 더 달라고 말하라고 하셨다. 충무김밥이 3개가 남았고 썩박지와 시래기국을 더 달라고 말씀드렸는데 충무김밥 5개와 모든 만찬을 다시 세팅해주셨다. 그뿐만이 아니라 뭐든지 해낼 수 있게 보인다고 남달라 보인다고 칭찬까지 엄청 많이 해주셨다. 나를 예쁘게 봐주신 어머니께서 제주 여행하다가 배고프면 언제든지 들려서 밥 먹고 가라고, 그냥 언제든지 편하게 찾아오라고 말씀해주셨다. 이렇게 제주도에 어머니가 한 분 더 생겼다. 정말 너무나도 선물 같은 하루다. 나보다 나를 더 믿어주고 뭐든지 잘 해낼 수 있을 거라는 응원해주시는 정말 감사한 많은 분들께 정말 고맙다. 우연히 만났지만 좋은 인연이 되었고 맛있는 아침도 먹고 용기까지 받고 간다. 어머니를 만난 덕분에 오늘 나의 하루 전체가 행복으로 빛낼 수 있다는 걸 느꼈다. 정말 너무나도 소중한 시간이었다.

그래서 그런지 오늘은 쉬지 않고 밥 먹는 시간을 제외하면 5시간을 계속해서 걸었다. 힘들지 않았다. 너무 즐겁게 한 걸음 한 걸음 내디뎠다. 나는 믿어주는 한 사람이 있다면 세상을 바꿀 수 있고 어쩌면 우주까지도 바꿀 수 있다고 믿는다. 오늘 만난 소중한 인연 덕분에 내 하루는 기쁨으로 가득 찼다. 전국에 있는 나의 어머니들께 감사드린다. *.*

한 발 한 발 터벅터벅 내디디며 걸어갔다. 빨리 가야 한다는 생각도 빨리 끝내야 한다는 생각도 없이 그냥, 그냥 내가 하고 싶은 대로 한 발 한 발 걸었다. 나를 되돌아보면 지금까지 목표를 빨리 끝내야 할 것만 같아 많이 조급했다. 나는 그렇게 살아왔기 때문에. 근데 그렇다고 뭘 빨리 이루어 본 적도 없다. 그 시간에 나는 불안해했고 걱정하고 오만 생각을 다 하며 그렇게 시간을 보냈다. 그러했기에 목표는 성취했지만, 과정이 행복하지만은 않았다.

최종 목적지에 다가가고 있는 나는 어차피 해낼 걸 알기에 오늘은 의식하지 않고 편안하게 걸었다. 그랬더니 평소보다 빨리 간 것도 아닌데 지금까지 중에 오늘 제일 많이 걸었다. 제주도 오기 전까지만 해도 나는 주변 사람들에게 많은 좋은 조언을 들어왔다. '힘 좀 빼라고, 힘 빼도 된다고. 너는 예의가 몸에 배어있기 때문에 힘 빼고 해도 그 선을 넘지 못한다고, 그러니까 너무 매 순간 긴장하며 그렇게 하지 않아도 된다고, 그리고 천천히 가도 된다고. 너는 하지 말라고 해도 스스로 원하는 것이 있으면 어차피 해낼 거니까 천천히 그 과정을 조금 즐기면서 해도 된다고' 머리로는 알고 있었지만 내 평소 생각과 행동 그리고 습관에서 벗어날 수 없었고 그냥 그렇게 계속해서 살아왔다. 오늘은 정말 반대로 행동했다. 이제는 좀 즐겁게, 여유를 가지면서, 이렇게 마음이 편해지니 오늘 했던 것처럼 매일 하려고 한다. 오늘 경험을 통해 '그래도 된다'는 것을 알게 되었다. 나에게 있어 오늘의 경험은 정말 최고의 선물이다.

여행하면서 문득 든 생각인데 여행에서 남는 건 결국 사람밖에 없지 않을까? 그러고 보면 인생도 그런 거 같다. 결국, 사람이 살아가는 거니까.

나는 지금까지 목표만을 위해 살아왔다. 내가 원하는 그 목표를 이룰 수만 있다면 나는 그 어떤 것도 필요치 않았고 괜찮았다. 성격상 외향적이라 사람들과 잘 지냈고 친하게는 지냈지만, 목표 성취를 위해서라면 언제나 끝날 수 있다고 생각했다. 목표를 이룰 수만 있다면 내게 남은 건 없어도 괜찮았다. 괜찮지 않았지만, 이것까지도 모두 참아야 하는 건 내 운명이라 생각했다. 그래서 괜찮지 않아도 괜찮아야만 했다. 난 내 목표가 중요했으니까.

이번 여행을 통해서 처음 알게 되었다. 사람이 다라는 것을. 사람이 가장 중요하다는 것을. 그리고 사실 나는 사람들을 좋아하는 사람이었다는 것을. 그렇게 살아오지는 못했지만, 나는 사람을 좋아하는 사람이었다. 지금까지 달려오면서 내 목표에 방해가 된다고 생각하면 난 정말 예민하게 굴었다. 화도 내고 방해하지 말라고 했다. 정말 미안하다. 아닌 건 알았기에 너무 미안한 마음을 갖고 살아왔다. 잘못한 사람이 있으면 미안한 사람들에게 모두 연락해 사과하면서. 다행히 현재는 다들 연락하고 서로 응원해주며 현재 잘 지내고 있다.

사람들과 함께 하고 시간 보내고 나도 이렇게 살고 싶었지만, 살지 못한. 알고는 있었지만, 오늘처럼 살아가지 못했는데. 사실 나는 사람을 정말 좋아하는 사람이었는데…. 이번 여행을 통해 진짜 알게 되었다. 사람에 대한 소중함을.

뭐든지 할 수 있는 자신감이 생긴다. 왜냐하면, 나는 제주도 한 바퀴를 걷고 나서 내가 꿈꾸는 것처럼 할 수 있는 모든 것을 할 것이기 때문이다. 그게 무엇이 됐든 나는 0.1% 가능성만 있다면 어떻게 해서든 시도할 거다. 그렇게 행동 계획을 행동하며 가능성을 계속해서 만들어 나갈 것이다.

오늘 게스트하우스에서 새로운 친구를 만났다. 이 친구의 직업은 심리 상담가. 나이는 나랑 동갑, 29살. 직장에는 자신에게 휴가가 필요하다고 이야기하고 2주째 제주도에서 쉬고 놀면서 하고 싶은 거 하면서 휴식하고 있다고 한다. 그리고 직장에는 충분한 휴식이 됐다는 생각이 들면 돌아가고 싶을 때 돌아온다고 이야기했다고. 2주가 넘는 시간을 제주에서 여행했는데 이제는 충분해서 내일 돌아간다고 한다.

우울증, 불안증, 공황장애 등 도움이 필요한 사람에게 찾아가 괜찮아질 때까지 도움을 주며 도와준다고 했다. 나는 정말 이 친구가 사람을 살리는 일을 하고 있다며 정말 진심으로 존경스러웠다. 이 친구와 대화를 해보니 삶에 대한 깊은 내공이 느껴졌다. 보통 친구는 아니었다. 무엇보다도 자기 자신에 대해서 이해하고 부족한 자신을 그대로 인정하고 정말로 자기 자신을 사랑한다는 것을 느꼈다.

이 친구는 현재의 자신이 있기까지 정말 길고 긴 시간이 걸렸다고 한다. 부족한 자신을 맞닥뜨려야 하는데 고통스럽기도 했고 힘들었고 피하고 싶었지만 변화하고자 하는 그 욕망이 너무나도 강했기에 결국에는 자기 자신의 모든 부분을 인정하고 사랑하게 되었다고 했다.

그래서 나는 그 방법을 물었고 핵심은 "자신에게 끊임없이 질문하는 것"이라고 했다.

사소한 질문들을 스스로 하며 거기에 솔직한 답을 해나갔다고.

이 친구를 보니 부럽다는 생각을 했다. 정말 온전히 자기 인생을
살아가고 있다는 느낌을 받아서. 그리고 이 친구는 자신을 인정하
고 너무나도 사랑하는 게 느껴졌기에.

한편으로는 다행이라는 생각이 든다. 나도 이제는 그렇게 살아갈
거니까.

9일차 : 마지막까지 쉽지 않은 여정, 그리고 끝

오늘은 아침부터 많이 여유롭다. 마지막 날이자 20km 조금 넘게
가면 최종 목적지까지 도착할 수 있기 때문이다. 방에서 나와 먼저
씻고 로션과 선크림을 바르며 나갈 준비를 시작했다. 혹여나 친구
들에게 방해가 될까 봐 짐을 모두 챙겨 거실로 나와 짐을 싸기 시작
했다. 한 분은 출근 준비를 하고 계셨다. 아침부터 너무 분주하게 보
이셨는데 에어프라이어에 빵을 돌리고 크림치즈와 함께 아침 식사
를 하신다. '드실래요?' 물어보기라도 할 줄 알았지만, 먹어보라는
이야기는 하지 않으셨다. 물론 물어도 먹지 않았겠지만 나도 단념
했다. 허브차를 태워 아침을 깨웠고 가져온 유산균을 먹으며 함께

대화했다.

서울에서 너무 바쁘게만 살아오다가 대학 졸업과 동시에 제주도에 내려와서 살고 있다고 한다. 제주에는 자주 놀러 오셨다고 했는데 제주도의 매력에 빠져 완전히 정착하게 되었다고 하셨다. 내가 오늘 가는 길에 맛집도 추천해주시고 구경거리도 추천해주시고 짧지만 즐거운 대화를 나눴다. 무엇보다도 이런 여유로운 시작을 하는 지금이 너무 좋았다.

게스트하우스에 오는 사람들을 살펴보면 바쁜 삶 속에서 각자만의 이유로 여유를 갖기 위해 떠나온 사람들이 대부분이다. 그렇게 계획 없이 와서 하루, 이틀, 사흘 머물면서 각자 만의 방법으로 여유를 즐기고 놀고 쉬고 간다. 그렇게 각자만의 이야기를 매일 써 내려가는 사람들.

제주도에 사는 사람들은 여유를 가지고 사는 거 같았다. 조급해하지 않고 급하게 행동하지 않고 여유를 가지고 있는 듯했다. 그러하기에 행복하게 살고 있다는 느낌을 받는다. 나 또한 저렇게 여유를 가지면서 천천히 살고 싶다는 생각을 하게 한다.

어제는 많은 깨달음이 있었던 날이었다. 많은 배움이 있었기에 여기에서 배운 것을 어떻게 내 인생에 적용해볼지에 대해 고민했다.

첫 번째, 함께 하는 사람들이 중요하다는 것을 깨달았다. 어떤 행동을 할까!?

중학교 2학년 때 제주로 전학 간 가장 친했던 친구에게 연락해서 밥 먹고 대화하면서 보내고 싶었다. 그리고 다른 친구는 부산에 사는 친구다. 내가 미안한 감정이 있는 친구. 밥 먹고 카페 가서 대화하면서 미안하다는 말과 함께 사과하고 싶다. 사실 지금 너무나도 잘 지낸다. 그렇기에 함께 시간 보내면서 더 많은 대화를 하고 싶다.

두 번째, 가능성이 있으면 해내는 것

내일 한라산 등정을 마치고 강연을 위한 전화가 있고 어쩌면 미팅까지 있다. 결과야 어떻게 될지 모르겠지만, 연락드려 '된다는 생각으로' 최선을 다할 것이다. 칼럼 연재를 위해 연락을 드릴 것이다. 이메일은 알아냈다. 글 작성 후 보내도록 하겠다.

마지막으로, 여유로운 하루 보내는 것

그냥 내 마음 가는 대로 걷고 쉬고 싶으면 쉬고 먹고 싶은 거 먹으면서 편안하게 보내기.

이제 선택하고 결단했으니 지금부터는 하기만 하면 되겠다!

이렇게 고민을 한 것들을 핸드폰에 적어 내려갔다.

　그러던 중 갑자기 핸드폰 화면 절반이 흰색으로 변했고 남은 절반의 화면은 어두워지며 계속해서 깜빡였다. 어젯밤 저녁 먹으러 가는 길, 핸드폰을 떨어뜨렸는데 오른쪽 모서리 부분을 시멘트 바닥에 찍혀버려서 괜찮은 거 같길래 그냥 넘겼다. 너무나도 갑작스럽게 점점 핸드폰 화면이 보이지 않기 시작했다. 시간이 지나면서 핸드폰이 완전히 맛탱이가 갔다. 가끔 보이는 화면, 길을 찾기 위해 네이버 플레이스를 열어보지만, 초록색 화면으로 변해버린다. 이젠 길을 찾을 방법은 없었고 나는 발길이 닿는 대로 해안선을 따라 걸어갔다. 길을 알 수 없었기에 불안했지만, 공항으로 착륙하는 비행기가 향하는 곳으로 따라갔다.

　참… 마지막까지 다사다난하다. 여행을 했기에 핸드폰도 떨어뜨려 액정이 완전히 나가는 경험을 할 수 있었고 그 순간이 불안했지만 핸드폰이 없어도 길을 찾아 계속해서 나아가는 즐거움이 함께했다. 얼마나 재미있는 추억을 만들려고 마지막까지 이런 일이 생기는 걸까? 용두암을 지나 용두암 포구 쪽으로 걸어가는 길에 비행기는 점점 더 가까이 지나갔고 동시에 제주국제공항이 곧 보일 거라는 기대감에 너무 행복하게 한 걸음 한 걸음 걸어갔다. 도착한 것은 아니었지만 도착한 나를 상상하며 그때 그 감정을 먼저 느끼며 행복하게 걸어갔다.

마지막 도착까지 왜 이렇게 멀게만 느껴졌던 건지… 다 와 갈 것만 같은데 공항은 보이지 않았다. 이 순간을 하나도 빠짐없이 남기고 싶었지만, 핸드폰 화면은 거의 보이지 않았고 촬영이 되는지 안되는지도 모르고 내 감으로 핸드폰 카메라를 켜서 계속해서 촬영을 이어갔다.

멀리서 보이는 '제주국제공항' 간판, KAC 한국공항공사 마크가 보이기 시작했다. 벌써 도착한 것만 같아 설렜다. 벅차오르는 이 기분. 정말 날아갈 듯이 너무 행복하다.

도착. 해냈구나. 해냈어! 벅차오르는 감정, 나는 목표를 성취할 것을 너무나도 잘 알고 있었다. 목표도 성취하고 과정까지도 모든 것이 완벽했기에 너무 좋았다. 제주도에서 보낸 하루하루 모든 시간이 너무나도 행복했다. 모든 과정이 내게 소중했고 절대 잊지 못한 추억이 되었다.

제주도 걷기를 하면서 너무 좋은 인연들을 만났다. 맛있는 음식도 먹었고 멋진 경치도 마음껏 구경했다. 이 경험을 통해 조금 더 지혜롭고 현명하게 선택하고 결정하는 방법을 배웠고 나에게 질문하며 나를 이해하고 사랑하고 즐기는 시간을 보냈다. 그뿐만 아니라, 이 모든 과정을 통해 많은 것들을 느끼고 배우고 깨달으며 마음이 편안해졌으며 여유가 생겼고 내 인생에 적용하며 눈에 보이지 않는 엄청난 성장을 해낼 수 있었다.

내 인생에서 과정까지 완벽했던 성취는 처음이라 너무 기쁘고 처음 경험하는 것이기에 너무 소중한 기억이 되었다.

처음에 느꼈던 설레는 기분, 마지막엔 성취했다는 벅찬 감동. 어떤 말로 표현할 수 없을 만큼 최고다. 무엇보다도 안전하게 잘 마무리해서 정말 다행이다.

앞으로의 도전! 정말 즐겁게 나아가보겠다.

10일차 : 한라산 정상 등정, 도전은 즐거운 것이다

어제 게스트하우스를 찾을 때 아침 조식에 진심이라는 사장님이 계신다는 이유로 예약했다. 후기를 확인하고 기대감에 하루를 시작한 오늘, 게스트하우스 사장님께서 아침 일찍 나와서 조식 준비를 하고 계셨다. 샐러드, 사과, 바나나, 감, 오렌지, 단호박 이렇게 세팅이 되어 있었고 사장님께서 모닝빵과 계란 프라이, 그리고 소시지까지! 이렇게 대접해주시는 사장님은 처음 봤다. 과일을 먼저 먹고 샐러드를 먹으며 마지막 모닝빵에 계란 프라이와 소시지를 넣고 맛있게 한 입씩 베어 먹었다.

버스 타고 성판악으로 가는 길, '가슴 뛰는 삶을 살아라'라는 말이 '내가 지금 살고 있는 삶이 아닐까?'라는 생각이 지나갔다. 지금까지 '가슴 뛰는 삶을 살아라.'는 이야기는 많이 들었는데 '나도 그렇게 살고 싶은데, 어떻게 살라는 거야!'라는 생각을 많이 해왔다. 살아 있다는 느낌, 이게 정말 내가 원하는 진정한 살아 있다는 삶이 아닐까? 라는 생각이 들었다.

지금 삶이 진정으로 내가 원하는 삶이고 살아 있다고 느끼며 진짜 내 모습으로 살고 있다. 제주 234km 걷고 바로 한라산 등정까지 이렇게 살아있음을 느끼면서 건강한 내 모습으로 도전하면서 살아있음을 스스로 느끼니 진짜 나로 돌아온 거 같았다. 이게 나고 이 모습이 진정한 내 모습이었다.

도전하면서 가슴 뛰는 삶. 물론 그 과정은 쉽지 않지만, 그 과정에서 희열, 성취, 즐거움, 기쁨, 행복, 사랑, 눈물, 진정성 등과 함께 해낼 목표를 향해 멋진 과정을 매일매일 만들어 나가는 것. 정말 생각만 해도 너무 행복하고 그걸 직접하고 있는 나는 최고의 복을 타고

난 행운아다.

8시 조금 넘어 성판악 입구에 도착했고 물을 구매하고 옷 정비를 마치고 8시 20분 성판악 입산. 컨디션 최고, 기분 최고, 날씨 최고, 모든 것이 완벽한 하루다. 나는 날아갈 듯이 기분이 좋았고 몸이 너무 가벼워 정말 거의 뛰어가다 싶을 정도로 달려서 올라갔다. 그냥 그러고 싶었다. 빨리 가려 하지 않았고 천천히 가려고 하지 않았다. 그냥 내 발걸음이 가는 대로 계속해서 걸어갔다. 되돌아보면 거의 날아다닌 거 같다.

사실 234km 마무리하고 다음 날 출발한 산행이라 체력적인 부담이 있을 법도 했지만, 전혀 그런 건 없었고 행복하게 한 걸음 한 걸음 올라갔다. 어쩌면 나만의 약속을 잘 지켰기에 해낼 수 있었다. 등정 하루 전, 한 시간에 한 번은 꼭 쉬고 올라가기로 나만의 약속을 정했다. 무리하면 안 되기에 무사히 안전하게 등정하기 위해 정한 철칙이었다. 올라가는 대피소마다 쉬면서 갔는데 체력이 괜찮아 바로 올라갈 수는 있었지만, 스스로 약속했기에 단 5분이라도 쉬면서 정상 등반을 할 수 있었다.

10시 53분, 약 2시간 30분 만에 도착. 한라산 백록담 비석에서 인증사진을 찍기 위해 줄을 서서 기다리기 시작했다. 내 앞에 계신 혼자 오신 여자분께 "혼자 오신 거 같은데, 서로 사진 찍어주는 거 어때요?"라며 여쭤봤고 대화를 했다. 금융업에 종사하시다가 인간관계의 문제로 퇴사하고 제주 한 달 살기를 하고 있다는 분, 현재 일주일 정도 남아서 특별한 추억을 남기기 위해 오늘 새벽 한라산 등정을 했다고 하셨다. 언제 출발했냐고 여쭤보셔서 8시 20분에 입산했다고 말씀드리니, 자기는 6시에 입산해서 출발했다고 한다. 최선을 다해서 잘 올라왔다고 생각했는데, 나랑 괜히 비교된다고. 그리고 서로의 앞날의 계획을 공유하며 또 한 사람의 인생을 알아가는 시간을 가졌다. 서로 각자 취하고 싶은 포즈로 예쁘게 사진 찍어주고 인사를 하며 헤어졌다.

한라산 정상에는 정말 많은 사람이 왔다. 가족과 온 사람들, 친구랑 온 사람들, 혼자 온 사람들, 여인과 온 사람들 정말 많은 사람이 있었다. 사람들을 유심히 살펴보니 보온병에 라면과 김밥을 싸 왔더라. 사실, 김밥을 가져온 사람들이 좀 많이 부러웠다. 한라산에 갈 때는 꼭 김밥은 챙겨가야 한다. 아쉬움을 뒤로한 채, 나도 자리를 잡고 앉아서 가져온 빵과 단백질 음료를 마셨다. 아쉬웠지만 그래도 한라산 정상에서 목표를 이루고 먹는 간식의 맛은 최고였다.

충분한 휴식을 취하고 나는 관음사 방면으로 내려갔다. 첫째도 안전, 둘째도 안전, 셋째도 안전, 내려가는 길 더 조심해야 한다. 마지막까지 안전하게 잘 마무리하기 위해서 지금이 가장 중요했다. 눈이 완전히 녹지 않아 눈길 또한 조심해야 했다.

내려갈 때는 올라온 거에 비해 천천히 내려갔다. 눈길에서 신발은 미끄러졌지만, 줄을 잘 잡고 정말 안전하게 잘 내려왔다. 아침에 먹은 아침 식사가 부실했고 점심도 못 먹어서 그런지 정상에서 출발해 내려간 지 한 시간밖에 지나지 않았는데 힘이 없었다.

그래서 나는 결정했다. 쉬고 가기로. 가방을 벗고 신발 끈을 풀고 앉아서 쉬었다. 물 한 모금을 했고 남은 초코바까지 먹었다. 10분 정도 쉰 거 같다. 다시 운동화 끈을 묶고 가방을 메고 내려가는데 몸 상태가 완전히 돌아와 새로 시작한 기분이었다. 다시 한번 느꼈다. 쉼의 중요성을.

그리고 마지막 하산할 때까지 무사히 잘 내려왔다.

마지막으로 한라산 정상에 등정했다는 인증서를 뽑아 오늘의 도전을 마치고 이번 제주도에서의 모든 도전을 끝냈다.

정말 감사했다. 이렇게 마지막까지 다치지 않고 무사히 잘 마무리할 수 있어서. 한 번의 선택이 내 인생을 새로 태어나게 했고 완전히 송두리째 바꿨다. 선택하고 결정하는 것은 세상도 바꿀 수 있는 정말 강력한 힘이 있다는 것을 깊게 깨달았다.

"나는 선택을 하고, 선택은 길을 만든다. 선택이 끝입니다."

이번 도전을 통해 깊게 깨달은 부분이 있다. "안전" 안전에 대해서 정말 깊은 깨달음을 얻었다. 무조건 안전이 최우선 순위라는 것을. 도전은 도전하기 위한 도전이지 절대 목숨을 바치는 도전이 아니다! 그러하기에 도전은 안전하게 해야 하는 것이다. 도전에 본질은 가슴 뛰는 삶을 살기 위한 것이지 무모한 도전을 하는 것이 절대 아니다. 첫째도 안전, 둘째도 안전, 셋째도 안전. 또한, 도전은 고통스러운 것이 아니라, 즐거운 것이었다.

'도전=고통'이 아닌, '도전=즐거움'

엄청난 배움을 얻었다. 과정이 아름다우니 결과를 성취했을 때의 기쁨은 배가 된다는 것을. 과거, 지금까지 이루고자 하는 목표는 성취해왔다. 이뤄냈지만, 그 반면에 항상 공허함, 허탈감을 느꼈었다. 그 과정 속에는 상처, 아픔, 참고 견디는 것, 그리고 고난과 역경이 자리했고 슬픔이라는 감정만 남아있었다. 목표를 성취함에 있어 그 과정이 맞다고 믿었고 삶의 미덕이라 생각해왔다. 이번 도전을 통해 과정까지도 행복할 수 있다는 걸 처음 알았다. 과정에서 진정한 사랑, 기쁨의 눈물, 즐거움, 행복, 웃음으로 가득 채운 행복한 결과를 만들 수 있다는 것을. 그때 그 성취가 배가 된다는 것을.

앞으로 할 것도 많고, 해야 할 것도 많다. 아직 시작도 안 했고, 이제부터가 진짜 시작이다. 앞으로 일어날 무궁무진한 앞날들이 너무나도 기대되고 기다려진다.

이렇게 도전은 즐거운 것이다. 고통스러운 것이 아니라.

울릉도(해안선 길이 64km) + 성인봉

1. 울릉도의 해안선 길이는 64.43km. + 성인봉 (도동항 출발 → 성인봉)

- 4박 5일 예상(목요일 출발 ~ 월요일 도착)

2. 울릉도 여행 정보

✓ 울릉군, 문화관광 www.ulleung.go.kr/tour

✓ 울릉도, 나무위키 namu.wiki/w/울릉도

3. 날씨 확인

4. 배편 예매

'가보고 싶은 섬' 사이트에 들어가서 배편 편도로 예매 완료.

5. 2022. 4. 7. 일정

✓ 아침, 6시 30분 집에서 출발

✓ 용계 시외버스터미널 6시 48분 출발 → 포항 시외버스터미널 7시 48분 도착

✓ 포항 시외버스터미널 207번, 900번, 600번(10분 간격) → 버스 타고 포항여객선터미널 이동-20분 소요

✓ 포항 여객선터미널 8시 20분 전 도착해서 승선권 발권(1시간 전 발권해야 함)

= 9시 20분 포항 출항 → 3시간 10분 소요(253.8km 이동)

✓ 12시 30분 도동항 도착 예정

✓ 첫째 날, 점심 먹고 1시 출발 → 남양향 도착

= 계획 끝, 내일 아침 출발.

-1일차 : 다음 과정을 위한 재정비

아침에 눈을 떠 침대에서 빈둥빈둥~ 더 자려고 눈을 감아보지만 잠이 오지 않는다.

제주도 여행을 하면서 가장 먹고 싶었던 음식은 김치찌개와 만두였다. 그래서 만두를 아침으로 먹었다.

제주도 떠나기 전 누나가 왕창 주문해준 만두, 어제저녁 오늘 아침에는 꼭 먹겠다며 야채 만두, 김치만두 각각 5개씩 10개를 쪄서 아침으로 먹었다. 리모컨을 눌러보며 재미있는 프로그램이 하는지 찾아보며 예능프로를 시청하며 여유로운 아침을 보냈다.

제주도에서 촬영한 사진을 컴퓨터에 저장하기 위해 5핀 충전기를 사러 갔다. (제주도 여행 중에 잃어버렸다 ^^) 충전기를 사러 감과 동시에 이비인후과를 방문했는데 제주도에서 났던 코피가 신경 쓰여 다녀왔다. 사실 코피가 한 번 나기 시작하면 며칠을 계속 흘려 왔다. 지금까지는 괜찮다며 간과했지만, 내 몸을 챙기기 위해 병원을 다녀왔다. 이 행동 또한 정말 평소 나랑 반대되는 행동을 한 것이다. 평소 같으면 '괜찮겠지, 괜찮아지겠지'라며 넘겼을 텐데, 난 정말 변화하고 있었다. 코피가 나는 이유는 2가지가 있다고 하셨다. 첫 번째, 코뼈가 왼쪽으로 휘어있어 코를 풀거나, 살짝만 닿아도 상처가 잘 나 코피가 난다고 하셨다. 두 번째는 코를 풀어서 그렇다고 하셨다. 코뼈가 선천적으로 왼쪽으로 휘어서 코에 자극에 가면 코피가 난다고 하니… 조심하는 방법 밖엔….

무엇보다도 원인을 알고 나니 조심할 수 있겠다는 생각에 마음이 너무 편안해졌다. 역시 해결을 하면 편안해진다.

집에 돌아와서 엄마가 해주신 김치찌개를 엄청 맛있게 먹었다. 여행 중에 먹고 싶었던 김치찌개, 엄마가 해준 김치찌개를 먹으니 정말 너무 맛있었다. 최고였다.

노트북에 카메라를 연결해 사진 정리를 시작했다. 시작한 지 불과 30분도 안 되어 그대로 잠이 들었고 잠깐 일어나서 침대로 가서 3시간을 내리 잤다.

10일 동안의 제주 여행, 여행하면서 많이 피곤했나 보다. 그래서 푹 잤다~

일어나서 사진전을 위한 620장 정도 되는 사진들을 1차 정리했다. 그리고 시작했던 울릉도 여행 준비.

날씨를 확인하고 배편을 예매하고 여행 경로를 확인하며 숙소, 이동 경로 등을 찾아보았다. 정말 체계적으로 계획하기보다는 당장 내일 떠나서 울릉도까지 안전하게 들어가는 거, 그리고 첫날 이동 경로 정도만 계획했다. 이제 준비는 끝!

내일 출발해 이번 울릉도 여행도 무사히 안전하게 잘 다녀오면 되 겠다. 힘 빼고! 행복하게~*.*

1일차 : 시도, 그 자체가 기적

새벽 5시 40분, 울릉도에 가기 위해 이른 아침 눈을 떴다. 엄마는 아침밥을 해준다며 아침 일찍 일어나 밥을 차려주셨다.

씻고 준비하고 엄마가 정성스럽게 차려주신 아침밥을 먹고 지하 철을 타러 나섰다.

비가 한 방울씩 내리고 있었고 곧 그칠 거라며 나는 비를 맞으며 지 하철역으로 걸어갔다. 다섯 정거장을 내려 도착한 용계역, 비가 쏟아 지고 있었다. 버스정류장까지의 거리는 200m, 하는 수 없이 무작정 뛰었다. 시간 맞춰 포항 가는 버스를 타고 포항 시외버스터미널역에 도착했다.

출항 1시간 전, 표 발권을 해야 하므로 나는 포항여객터미널 도착 시간이 애매할 거 같아 택시를 탔고 포항 여객선터미널로 향했다. 도착하자마자 문자 한 통이 왔다. 출발 20분 전에 표를 발권하면 된 다고. 조금만 일찍 보내줬으면 버스 타고 왔을 텐데.

나는 발권을 마치고 멀미약을 사서 먹었다. 혹여나 마스크도 두 개나 했다. 모든 준비를 마치고 울릉도로 향하는 배에 탑승.

9시 20분 울릉도 출발. 사실 배는 나에게 조금은 익숙하다. 군 생활을 백령도에서 해서 배 타는 건 익숙했다. 그래도 울렁이는 파도는 아직도 적응이 안 되는 거 같다. 멀미 나지 않기를 간절히 바래본다. 배 타고 얼마 있지 않아 깊은 잠이 들었고 완전히 잠에 취해 정신없이 잤다. 그리고 눈을 뜨니 울릉도가 보이기 시작했다.

시작. 나는 서쪽으로 시작해 북쪽 그리고 동쪽으로 걸어 도동항으로 돌아올 예정이다. 얼마 걷지 않아 보이는 호떡집. 호떡을 주문하고 너무 맛있게 먹으면서 걸어갔다.

이제 시작인데 이번 시작도 쉽지 않다. 갑자기 설탕물이 튀어나와 내 왼손 손등에 쏟아졌고 바로 닦을 수가 없어 부랴부랴 가방을 벗어 물티슈를 꺼내 닦고 뒷정리했다. 손등은 화상을 입은 듯 빨개졌다. 욱신욱신한 느낌과 함께 이제 진짜 여정이 시작되었다.

좀 특별한 이벤트를 만들고 싶어 울릉 고등학교에 전화해서 꿈에 대해서 강연하고 싶다고 했다. 행정 담당자께서 이 사안에 대해서는 교무처장님과 교감 선생님, 교장 선생님 허락하에 가능하다고 하셨고 다시 연락을 주신다는 말씀을 해주셨다. 나는 강연을 할 수도 있다는 기대감에 부풀어 강연 준비를 시작했다. 친구들에게 어떤 이야기를 해줄 수 있을까? 내가 고등학생 때 들었으면 좋았을 이야기를 생각해서 꿈에 대한 이야기를 노트에 적기 시작했다. 나는 거의 98% 강의 준비를 마쳤다. 그리고 걸려 온 전화 한 통. 현재 코로나로 인해서 외부인 출입이 불가능할 거 같다고, 동시에 학교에서도 교외활동을 완전히 차단하고 있다고. 좋은 뜻으로 하시는 건데 죄송하다고 말씀해주셨다. 씁쓸했지만 강연 준비를 마쳤으니 나는 자신감이 있었고 곧바로 울릉중학교에 전화했다. 똑같은 이유로 거절하셨다.

울릉도에서 무조건 성공하겠다는 생각으로 도전했지만 실패해서 결국 나는 의기소침해졌다. 나의 본질은 강연하는 것이었기에 형태는 상관없었다. 다시 한번 학교에 전화해서 희망자의 한에서 비대면으로 진행하겠다고 기회를 만들어달라고 말씀드렸다. 한 학교에서는 다시 연락을 주신다는 말씀과 함께 연락이 없었고 다른 학교에서는 프로필과 나의 경력 사항들을 먼저 학교에 보내고 충분한 검토 후 강의 진행이 가능하다고 하셨다.

다시 한번 거절당한 나는 기분이 우울해졌다. 하지만 알아차렸다. 내가 단 한 번의 시도로 성공하겠다고 욕심을 냈다는 것을. 울릉도에서 안 되면 또 다른 곳에서 기회를 찾아서 하면 되는 것이었는데 나는 울릉도에서 꼭 성공하겠다고 터무니없는 욕심을 냈다. 한 번에 성공하는 것이 중요한 게 아니라 결국 해내는 것이 중요한 거니까. 이 사실을 알아차리니 난 너무 괜찮아졌다.

그리고 시작한 걷기. 울릉도에는 보행자를 위한 길은 없어 너무 위험했다. 차도 위를 계속 걸어갔고 내 옆으로는 차가 지나다녔다. 너무 위험하다는 생각뿐이었다. 일 차선 터널, 차 한 대가 겨우 지나갈 만한 작은 통로였다. 차가 없는 것을 확인하고 뛰어갔다. '이게 맞는 건가?, 위험을 무릅쓰고 해야 하는 건가?' 참… 위험하다는 생각이 들었다.

울릉도 남쪽은 정말 아무것도 없었다. 서쪽도 마찬가지다. 그냥 위험하다 싶었던 기억밖에 없다.

오늘 이렇게 거절당함으로써 이제 진짜 강연 시작이라는 생각이 들었다. 거절당하는 것부터가 시작이기에 나의 강연 여정은 이제 진짜 시작되었다. 이렇게 생각하니 시작된 것만 같아 정말 너무 기분이 좋았다.

내가 강연에서 내세울 수 있는 건 "진심". 기회를 찾아 그 진심을 잘 전달할 수 있도록 하겠다.

   걷다 보니 시간은 저녁 6시, 밤이 점점 찾아오고 있다. 게스트하우스까지는 1시간 반의 시간이 걸렸는데 근처에는 게스트하우스가 없었다. 주변 펜션은 25만 원이었기에 게스트하우스까지 갈 수밖에 없었는데 네이버 플레이스에 나오는 길을 따라 산 위로 40분을 올라갔는데 갑자기 공사 중이라는 간판이 보인다. 이 길이 아니면 네이버 플레이스에는 걸어갈 수 있는 길이 확인되지 않았다. 나는 다시 내려가서 버스가 있는지 확인했는데 운이 좋게 막차가 오고 있었다. 나는 그 막차를 타고 숙소로 향했다. 주변 음식점은 모두 다 닫았고 어쩔 수 없이 컵라면 하나를 사서 게스트하우스로 들어갔다. 배가 고파 게스트하우스에 도착하자마자 라면 물을 먼저 받아놓고 짐을 풀기 시작했다. 휴게실로 나와 라면 몇 젓가락을 먹었는데 바로 없어졌다. 여전히 배가 고파 밖에 나가 다시 슈퍼로 가서 과자 한 봉지를 사서 그 자리에서 다 먹고 방으로 돌아와 이제 누워서 좀 쉬고 할 일을 하려는데 그대로 잠이 들었다. 그렇게 울릉도에서의 첫날은 끝이 났다.

2일차 : 진정한 여유, 그리고 편안함

눈을 뜨니 아침 7시, 11시간은 잔 거 같다. 제주도에서 쌓였던 피로를 오늘 다 푸는 기분이었다. 시골 할머니 집 같았던 게스트하우스, 자다가 추워서 깨고 일어나고를 반복했다. 그렇게 울릉도에서의 두 번째 아침은 시작이 되었고, 고민에 빠지게 되었다. 어제 마지막 걸었던 곳에서 시작해야 할지 아니면 안전을 선택해야 할지. 거리는 걸어서 40분 거리였다. 얼마 되지 않는다. 마지막까지 고민하다가 결정했다. 돌아가기로. 돌아가서 어제 마지막 걸었던 곳에서 시작하기로. 찻길이고 터널도 있고 위험했지만 나는 어떠한 이유에서건 타협하고 싶지 않았다.

그런데 나의 제1원칙 "안전" 걸을 수 없는 위험한 길을 다시 돌아가서 걷는다는 것은 1원칙을 거스르는 행위였다. 그래서 나는 돌아가지 않기로 했다. 무엇보다도 내 안전을 지키기로 했다. 내가 생각한 것과 반대로 결정하는 것이 맞다고 결단했다. 마음은 불편하고 찜찜했지만 내가 그때 할 수 있는 가장 현명한 선택을 했다.

울릉도는 대부분 산으로 이루어져 있었다. 산을 걷고 있으니 마음이 정말 편안하다는 느낌이다. 바다를 보면 마음이 한껏 뻥 뚫린다. 동시에 내 발걸음은 한껏 여유가 생겼다. 제주도 여행을 포함해서 울릉도 걷기까지 오늘이 가장 편하고 여유 있다. 매일매일 편안한 이 느낌 너무 좋다.

갈매기들이 많이 보인다. 사실 갈매기는 내게 있어 너무 반가운 친구들이다. 울릉도는 백령도와 비슷한 점이 많은데 그중 하나가 갈매기들이 많은 것이다. 해안가로 근무를 위한 이동을 할 때면 수백, 어쩌면 수천 마리의 갈매기들이 머리 위에서 날아다니곤 했는데 똥을 엄청나게 쌌다. 그래서 정확히 왼쪽 어깨에 똥 맞은 추억이 있는데 그때 그 똥 냄새는 아직도 잊혀지지 않는다. 그래도 백령도에 군복무를 하며 딱 한 번의 경험을 했는데 다른 친구들은 여러 번 똥 맞으며 정말 즐거운 추억들을 가지고 있다. 그래서 혹여나 똑같은 불상사가 발생할 걸 대비해 머리 위에 다니는 갈매기들을 보며 조심스럽게 피해갔다.

매일 내 감정은 왔다 갔다 한다. 오늘은 나 스스로가 대단하지 않다는 생각이 들었다. 강연하려면 뭔가 특별하고 대단한 걸 성취하고 많은 경험을 하며 스토리가 있어야 되는데 나는 아니라고 생각했다. 내가 경험했던 것은 지극히 일반적이고 평범하다는 생각이 들었다. 이렇게 나 스스로 내가 경험한 것들의 가치를 낮게 판단하니 자신감이 없었다. 이 모든 것이 마음에 문제라는 것은 알고 있었지만 그래도 나는 괜찮지 않았다.

나는 코치님께 말씀드렸다. 그러니 코치님께서는 자신감을 가져야 하는 건지. 그렇게 그 자신감이 중요한 건지. 내가 했던 경험에 자부심을 갖는 것이 그렇게 중요한지. 그냥 지금 행복하고 경험하고 느끼고 깨닫고 변화하고 그러면 안 되는 거냐고.

머리를 세게 한 대 맞은 기분이었다. 맞다. 지금 행복하면 되는 거였는데. 지금 행복하고 경험하고 느끼고 변화하면 되는 거였는데.

나는 또 내가 생각하는 사회적 기준에 맞춰 일반적으로 보편적이게 생각했고 목표 지향적으로 생각했다.

한 사람의 인생의 결과는 죽을 때 판단할 수 있는 건데. 결국, 이 모든 것은 마음의 문제였다.

자기 스스로가 대단해야 행복한 게 아니었다. 그냥 행복하기로 선택했으니깐 행복한 것이다.

맞다. 난 지금 너무 행복하다. 하루하루가 선물 같은 하루다.

어차피 목표는 행복하게 아름답게 이뤄질 거고 이뤄가는 과정에서 조금 더 웃고 더 즐기고 더 행복하게 장난도 쳐가면서 하면 좋지 않을까?

난 정말 잘하고 있었다. 그냥 있는 그대로 지금을 즐기자 다짐했다. 과거와 단절하고 이제는 행복하기로 결단하고 독립선언문을 외치고 나는 선물 같은 인생을 매일매일 살고 있다. 그냥 지금 있는 그대로. 내가 하고 싶은 거 하면서 사는 내가 원하는 그런 행복한 삶. 나는 지금 있는 그대로 지금 나의 삶이 너무 좋다.

오늘 내게 가장 선물 같았던 시간은 동굴 밑에 혼자 앉아 파도를 바라보며 가만히 있었던 시간이다. 너무 여유롭고 편안했고 행복했고 좋았다. 그리고 이 행복을 나누기 위해 친구들에게 내가 느낀 점을 공유했고 한 친구에게는 전화해서 이야기를 나눴다. 다들 너무 고마워했다. 이렇게 나눌 수 있는 친구가 있다는 것에 감사했고 나도 너무 좋았다.

걷다 보니 도착한 도동항, 게스트하우스 2곳 모두 각자의 이유로 안 된다고 한다. 금강산도 식후경이라는데 오늘 저녁 잠잘 걱정은 되었지만 먹고 나서 생각해야겠다^^ 따개비 칼국수가 먹어보고 싶어 저녁으로 칼국수를 먹으면서 숙박을 알아보았다. 다행히 4만 원에 하루 묵을 민박집을 찾게 되었고 오늘 울릉도에서의 2번째 여정도 무사히 잘 마무리하였다.

3일차 : 진정한 행복

꿈속에서 매일매일 살아가는 요즘, 목표한 것을 하나씩 만들어가고 성취하면서 자신감도 생긴다.

지금 했던 것처럼 계획한 것을 똑같이 현실에서 또 이뤄내면 되겠다고 하며 하루하루가 지날수록 점점 더 행복해진다.

행복과 함께 시작한 오늘 아침, 울릉도 마지막 일정인 '성인봉' 등정을 할 차례이다. 아침 일찍 눈이 떠졌지만, 따뜻한 침대에 누워 괜히 뒹굴뒹굴하고 싶어 핸드폰을 만지작거렸다. 조금 시간이 흘러, 오후에 출항하는 배 시간 전에 산에 다녀오기 위해 무거운 몸을 이끌고 씻고 준비했다.

성인봉 입산하는 곳까지는 50분 소요, 정상 찍고 하산까지는 총 6시간이 소요된다. 거의 7시간이 소요되지만 나는 4시간이면 다녀오지 않을까 하는 자신감으로 숙소를 나왔다.

편의점에 들러 물 3병과 단팥빵, 그리고 산 정상에서 먹을 유부초밥을 사서 나왔고 물 한 병을 다 먹으며 진짜 산 등정을 시작했다.

한라산을 2시간 반 만에 정상에 등정했으니 엄청난 자신감과 함께 성인봉 등정을 시작했다. 8시 40분, KBS 중계소에서 출발! 처음에는 가벼운 발걸음으로 갔다. 하지만 가도 가도 끝나지 않는 오르막길에 정말 힘들었다. '쉽지 않구나' 한라산 등정도 힘들었지만, 힘들었던 기억은 없이 좋은 기억으로만 남아있다. 무엇보다도 성인봉 산행길에는 눈이 그대로 있거나 녹아있어 한 걸음 한 걸음 떼기가 쉽지 않았다. 사뿐사뿐 조심히 천천히 올라갔다.

무난하게 끝날 거 같았던 울릉도 여행 마지막, 성인봉. 산에서 길을 잃어버리면서 쉽지 않은 고난을 겪었다. 순간 '오늘 안에 집 가고 싶은데'라는 생각이 들었고 이내 정신 차리고 다시 올라왔던 길을 그대로 내려갔다. 내려가는 길, 미끄러지고 넘어지고 나무에 부딪히고 참 험난한 여정이었다. 멀리서 보이는 내가 제쳐서 왔던 부부, 너무 반가웠고 나는 곧장 그분들의 발자취를 그대로 따라갔다.

너무 위험하다는 생각에 '그냥 내려갈까?'라는 생각도 했다. 눈이 그대로 있어서 심지어 녹아있는 곳이 너무 미끄러웠다. 어떻게서든 올라는 가겠지만 내려오는 길이 너무 위험할 거 같아 고민했다. 그래도 여기까지 왔고 마지막까지 잘 마무리하자는 생각으로 끝까지 올라갔다.

올라가는 길은 정말 쉽지 않았지만 계속해서 가다 보니 어느새 정상에 도착했다. 정말 뿌듯했다. 울릉도에서 계획한 것들을 마무리하는 순간이었기에 너무 기뻤다. 정상에 도착해서 정상 도착 인증샷을 남기고 정상에서 울릉도를 내려다보며 그 기분을 마음껏 만끽했다.

한라산의 해발고도 절반 밖에 안 되어 그냥 가볍게 살짝 갔다 오면 되지 않을까 하는 거만함으로 시작했는데 정상까지 오기 정말 쉽지 않았다. 길이 너무나도 험했다. 이래서 여행은 재밌는 것이 아닐까? 어떤 일이 일어날지 모르기에 흥분되고 재미있는 거. 길도 잃어버리고 미끄러지고 나무에 박고 정말 이 자체만으로도 다사다난했다. 사고 없이 안전하게 여기까지 왔음에 감사하며 정상에서 조금 내려가 의자에 앉아 가져온 유부초밥을 먹었다. 배가 참 아주 고팠는데 유부초밥은 왜 이렇게 맛있는 것인지. 5개 유부초밥을 하나하나 음미하며 정말 맛있게 먹었다.

이제는 무엇보다 중요한 하산을 남겨두고 있다. 안전하게 마무리하기 위해서는 정말 잘 내려가야 한다. 내려가는 거까지 잘해야 한다. 벌써 걱정이 앞섰지만, 천천히 내려가자는 다짐으로 출발했다. 내려가는 길 가는 길에 긴 나무작대기를 발견했다. 이걸 가져갈까? 말까? 고민을 엄청나게 했지만, 도구를 쓰면 도움이 되지 않을까 하는 기대감에 땅을 짚어가며 천천히 내려갔다.

넘어졌다. 결국, 우려하던 일이 일어났다. 오른쪽 기준, 상의, 바지, 타이즈, 양말, 신발 다 베렸다. 정말 다 베렸다. 오른쪽 팔꿈치 쪽과 오른쪽 무릎이 욱신거리기 시작했고 상처가 났음을 감지했다. 그렇지만 큰 상처가 아니었기에 정말 감사했다. 넘어졌다는 사실에 헛웃음이 나왔지만 넘어진 게 언제였는지 참… 한편으로는 재밌었다. 20살, 공원에서 누나에게 장난치고 도망가다가 넘어져 양 무릎, 오른쪽 발등, 왼쪽 발가락이 다친 기억이 있다. 그때 이후로는 넘어진 적이 없었는데. 거의 10년이라는 시간이 흘렀다.

이렇게 여행하니까 이런 일도 생기는 거 같아 넘어졌지만 기분만큼은 너무 좋았다. 스스로 '나 미친 건가…'라는 생각이 들긴 했지만 넘어졌는데도 이상하게 기분이 좋다. 이제 곧 배도 타야 하는데 바지도 다 젖어서 없는데 그래도 행복했다. 넘어지는 것까지 행복한 삶, 이런 게 진짜 살아있는 거고 꿈을 꾸며 살아가고 있는 것이 아닐까? 이런 상황들조차도 나는 너무 좋았다.

넘어졌지만 꼭 나쁘지만은 않다. 이 정도 다친 것에 감사했고 앞으로는 더 조심하고 더 주의를 기울여서 걸어야 한다는 교훈도 얻었다. 나는 이렇게 하나를 또 배웠다.

어차피 넘어졌고 또 넘어져도 옷이 조금 베린다는 것뿐 아니겠나 더 큰일 날 것이 없었기에 신나게 내려왔다. 지나가는 분들은 '참 젊음이 좋다'며 조심해서 내려가라고 응원까지 해주셨다. 내려와서 화장실에 가서 묻은 흙들을 닦아내고 묶었던 숙소로 가서 옷을 갈아입었다.

출항 1시간 전, 표를 발권했다. '따개비 칼국수' 국물은 집에 돌아가도 한 번은 꼭 생각이 날 거 같아서 음식점으로 향해서 따개비 칼국수를 주문해서 먹었다. 평소 국을 먹을 때 나트륨이 걱정되어 국물을 잘 먹지 않고 건더기만 먹는데 따개비 국물은 너무 구수하고 맛있었기에 다시 생각날 거 같아 음식점에 방문해 정말 맛있게 한 그릇을 비웠다.

이렇게 나는 울릉도 일정을 모두 안전하게 마쳤다. 3일 전 배에 내려서, 왼쪽으로 걸어 남쪽, 서쪽, 북쪽, 동쪽으로 걸었고 마지막으로 성인봉 정상 등정까지 다녀오며 울릉도의 모든 일정을 안전하게 잘 마무리를 했다.

울릉도 여행하면서 가장 좋았던 점은 동굴 앞에 혼자 앉아 바다를 보며 혼자 생각하고 여유로운 시간을 가졌다는 것, 그 모든 것들이 너무 좋았다. 지금이 너무 좋으니 된 거 아닐까? 순간순간 너무 기뻤고 즐거웠고 혼자 여유롭게 마음 편히 즐겼고 이제는 이 모든 여정을 마무리하고 떠나려고 한다. 난 정말 너무 행복했다. 최고의 시간을 보내고 이제 다음을 향해 나아갈 것이다.

이제 집까지 무사히 도착하면 된다. 배 타고 포항 도착하면 버스 타고 지하철 타고 집까지~

물론 이마저도 쉽지 않았다. 2m의 높은 파고로 '이거 죽는 거 아닌가?'라는 생각이 들었고, 바이킹을 타는 거 같다며 소리치며 사람들은 무서워했고, 멀미하고, 기어 다녔고, 나 또한 배가 뒤집히면 어떻게 행동해야 할지 머리로 이미지 트레이닝을 하며 '죽는 거 아닌가?' 싶어 엄마는 걱정을 엄청 많이 하니까 '누나한테라도 말해야 하는 거 아닌가?' 하는 많은 생각을 하며 배를 타고 나왔다. 결론적으로는 무사히 집까지 잘 도착했다.

여행을 했기에 이 모든 일을 경험할 수 있었다. 어쩌면 꿈속에서 살고 있는 나, 나는 내가 정한 생각을 매일 현실로 만들어가고 있다.

드디어 나는 내 삶을 살게 되었다.

모든 것은 선택이 끝이다

나 스스로 이제는 과거를 깨끗이 청산했고, 진짜 인생 선언을 했고, 곧바로 새로운 삶을 시작했고, 그것을 성공시켰고, 다음 목표를 위해서 매일 최선을 다해서 살고 있다. 이 모든 것이 선택이었고, 정말 선택이 끝이었다. 심지어 '엄마를 지키겠다.'는 나의 일념 또한 선택이었고 지금의 내가 될 수 있었다. 즉, 현재는 내 인생에 제대로 뿌리를 내리고 살고 있으니, 이 모든 기적들이 일어난 것이 아닐까. 이 얼마나 멋지고 위대한 일일까. 본질은 결국 내가 내 삶을 온전히 살기로 결정하고 나니 이 모든 것이 현실이 되었다. 이 모든 것의 선택이 진짜 내 길을 만드는 순간이다.

내 인생을 살기로 선언하고 3주는 다음 2주를 위한 준비 과정이었다면 앞으로의 2주는 더 나은 시간이 될 것이었다.

모든 것은 정말 선택이 끝이다. 나는 제주도에 출발하기 전, 책 출판, 사진전 개최, 강연을 목표로 떠났다. 나는 울릉도 일정을 마침과 동시에 2주 안에 모든 계획, 준비, 실현까지 마무리할 것이다. 결과는 나와 있었기에 행동계획에 맞게 매일매일 해야할 것들을 하면 되었다.

Part 3.

꿈꾸는 삶을 살아가다

세상은 생각대로 되지 않는다고 하는데 생각대로 되지 않는 건 정말 멋진 일이다. 그럼 불가능이라 생각했던 꿈만 꾸던 것들이 이루어지는 순간이 찾아오고 생각지도 못한 일들이 일어날 거니까! 그러하기에 앞으로의 내가 세상을 위해 무언가를 할 나날들이 너무 기다려지고 얼마나 원하는 삶을 살아갈지 또한 그 과정에서 얼마나 좌충우돌할지 즐겁게 지켜보며 살아보려고 한다.

#완벽함은 없다
　완벽한 계획도 존재하지 않는다
　오직 행동계획에 따라 행동한다

〈책 출판 계약〉

　1. 책 출판 방법 관련 정보(블로그, 유튜브) 10개 찾기 → 정리 (✓.
4.11. 월요일. 오늘까지)

　2. 책 쓰기 위한 과정

　　1) 글 원문 (✓. 4.13. 수요일. 모레까지)

　　2) 목차 15개 ~ 30개 뽑기 (✓. 4.12. 화요일. 내일까지)

　　3) 기획서(출판 제안서) (✓. 4.12. 화요일. 내일까지)

　　4) 왜 출판하려고 하는지 (✓. 4.11. 월요일. 오늘까지)

　　5) 무슨 책을 쓸 건지(프롤로그) (✓. 4.11. 월요일. 오늘까지)

　3. 100개 출판사 연락.

　　1) 100개 출판사 List up (✓. 4.14. 목요일)

　　2) 100개 출판사 연락 (✓. 4.15. 금요일 오전)

　4. 계약(✓. 4.21. 목요일 전까지)

큰 틀에서 '기획' 즉, 책의 방향성을 결정했다.

1. (프롤로그) 현재 나는 꿈속에서 살고 있으며, 원하는 삶을 매일 현실로 만들어가고 있다.

2. 과거에는 그러하지 못했다. 나는 프레임(작은 상자) 속에 갇혀 살았기에- 과거 이야기

3. 이제는 내 삶을 살 것이다. 제주도 이야기, 울릉도 이야기

4. 앞으로 나는 내가 원하는 대로 선택하고 행동하며 개척해서 멋진 미래를 살아간다.

〈사진전〉

1. 사진전 개최 관련 정보(블로그, 유튜브) 10개 찾기 → 정리 (✓. 4.11. 월요일. 오늘까지)

2. 사진 선택 → 30개 (✓. 4.12. 화요일. 내일까지)

3. 사진전 장소 → 전시관, 학교, 지하철, 카페, 공공기관, 기차역 연락(2시간 동안) (✓. 4.12. 화요일. 내일까지)

4. 기획, 홍보 (✓. 4.13. 수요일 기획, 사진전 전까지 진행)

5. 일정 잡기 (✓. 전화로 상담)

〈강연〉

1. 해병대 장교님께 연락.

2. 사진전을 함과 동시에 강연도 함께 진행.

다른 멋진 장소들이 많이 있지만 내가 가장 하고 싶은 곳은 "대학교"였다. 공부를 못한다는 단 하나의 이유로 항상 주눅 들었었고 열등감에 자격지심 심지어 자기혐오를 하면서 살아왔다.

물론 과거 경험을 통해 '뭐든지 할 수 있다'라는 자신감이 있고 지금은 공부에 대한 부정적인 감정들이 없고 다 극복했다. 과거 경험이 있기에 대학교에서 대학생들을 대상으로 강연을 한다면 내가 줄 수 있는 것이 많을 거라 생각했다. 그래서 그런가 내가 진정으로 사진전을 열고 강연을 하고 싶은 곳은 대학교였다. 그래서 대학교를 알아봤다.

전화하기 전 난 몇 번이고 다짐했다.

'대학교에서 강연하겠다고 한 건 내 선택, 그걸 긍정적으로 생각을 하는지 안 하는지는 상대방 선택.'

대학교에서 사진전을 진행하겠다고 결단하며 내가 재학했던 두 학교에 연락했다. 취지를 잘 설명하고 이러한 이유로 학교에서 사진전 및 강연을 진행하면 대학생들에게 꿈과 앞으로 살아가는 데 있어 인생의 방향을 잡고 동기부여를 줄 수 있을 거라 말씀드리면 그래도 청년의 꿈을 응원해주지 않을까 하는 기대감으로 연락을 드렸다.

A학교

　결단하고 바로 학교로 찾아갔다. 일단은 행동하며 만나 뵙고 바로 결정하는 것이 내 성격이었고 학교에 도착해서 교수님께 연락을 드렸다. 교수님은 코로나로 인해 수업에 해를 끼치면 안 되니 수업을 제외하고는 일절 사람들을 만나지 않는다고 말씀해주셔서 전화통화로 대화를 나눴다.

　취지, 내가 사진전&강연을 하려는 이유에 대해 말씀드렸는데 "사진 찍은 지는 얼마나 되었나?", "전문적으로 사진을 배웠나?", "강의 주제는?", "어떤 말을 할 것이냐?" 등의 질문을 하셨고 자신이 25년이 넘는 시간 동안 교수로써 강의를 하면서 느낀 점과 함께 "강연이 정말 쉽지 않다, 사진을 전문적으로 배운 것도 촬영한 것도 아닌데" 그렇게 말씀해주시는데, 난 직감했다. '안 되겠구나, 만약 교수님을 설득하더라도 2주 안에 이 모든 과정을 끝내는 건 불가능하다'는 판단을 했고 감사하다며 전화를 끊었다.

　전화를 끊고 생각하니 교수님께서 안 되는 이유와 어렵다고만 하시니 정말 힘이 너무 많이 빠졌다. 그래도 나 스스로 해내기로 한 약속이 있기에 여기 학교는 안 되는 걸 확인했고 곧바로 다음 학교에 전화했다.

B학교

친한 교수님께 먼저 연락을 드렸는데 상황상 학교 내에서 힘이 없어 도와주지 못할 거 같다고 응원을 해주셨다. 또한, '내가 자퇴생이라는 이력이 많이 걸린다'라고 하셨다.

첫 번째 방법은 힘들 것이라는 것을 깨달은 순간이었다. 안 된다는 것을 알게 되었으니 나는 다른 방법으로 시도했다. '교수님을 통하는 게 아니라 바로 학교로 연락을 해야겠다'라고 생각해 학교에 직접 문의했다. 학교에 연락했는데 학과장님이랑 대화를 먼저 하고 학과장님과 함께 문의해 추진해야 한다고 말씀해주셨다.

'왜 이렇게 복잡한 건가, 절차가 왜 이렇게 많은 건가?'라는 생각을 했지만 포기할 수 없었기에 학과장님께 연락을 드렸는데 최근 학과장님께서 새로 오셨다고 말씀해주셨다. 친구들에게 연락해 새로 오신 학과장님 번호를 물어봤고 학과장님께 연락을 드렸는데…. "지금 하는 일은 뭐고, 학교는 언제 졸업했냐고." 여쭤보셔서 "현재 글쓰고, 사진 작가이자 강연가다."라고 설명 드렸고 자퇴했다고 말씀드리니 조종사를 하고 있지 않은 나에 대해 의아해하셨고 자퇴를했는데 왜 우리 학과에 전화를 해서 이야기를 하는 거냐며 훈계를하셨다.

이렇게 행동하니 내 판단에서는 학교에서 진행하는 것은 어려울 거 같다는 걸 알았다. 한다면 할 수 있겠지만 학교는 보수적이라는 것을 알았고 절차가 까다롭고 해야 하는 것들도 많다는 것을 알았다. 이 절차들을 모두 진행한다면 할 수는 있겠지만 당장 오늘의 행동계획을 이루기 위해, 다음 주 안에 목표를 달성하기 위해 더 이상 미룰 수도 없었고 차선책으로 진행하는 게 맞다고 결단했다.

"꿈을 꾸고 도전한 사람만이 꿈꾸는 사람을 응원해주는 것이다."
"현실적인 환경에 녹아든 사람이 현실적인 부분을 논하는 것처럼."

대학교? 전시관? 카페? 지하철? 공항? 어디서 하는 게 중요할까? 사실 상관없었다. 나의 본질은 어디서든 사진전과 강연을 하기만 하면 되었다.

울릉도에서 실패한 경험이 있었기에 이번에는 감정에 빠지지 않고 행동계획에 따라 행동했다. 나의 본질은 꿈을 현실로 만드는 것이었기에, 그리고 부딪히는 사람들과의 과정 자체가 즐거운 것이기에. 왜냐고? 꿈이 있는 자만이 누릴 수 있는 특권이 반대하는 사람을 만나는 거니까. 무엇보다도 꿈이 쉽게 이뤄지면 너무 시시하지 않을까?

그렇게 난 포기하지 않고 다음 스텝으로 나아갔다.

1. 공공기관 및 도서관

대구에 있는 공공기관과 도서관 리스트를 만들어 연락을 진행했다. 당장 다음 주 안에 진행이 어려울 거 같다는 같은 답변을 받았다. 그런 문제로 공공기관 및 도서관은 안된다는 것을 알았다.

2. 개인 아트 스페이스

여기도 일정 문제로, 당장 다음 주는 힘들다고. OK, 다음!

3. 갤러리 카페

카페 한곳에서 가능하다고 말씀해주셨고 일요일은 휴무라 그다음 주 금, 토요일에 진행하기로 했다.

사진전&강연 장소 섭외 끝!

#꿈꿨던 삶이 현실이 되는 순간

사진전&강연

여기 카페 사장님은 9년 동안 복합문화공간으로 운영하셨고 경험이 많으신 분이었다. 나의 명분과 이야기를 정말 솔직하게 다 설명 드렸고, 이렇게 하는 청년이 있다는 것에 신기해하셨고 축하해주셨다. 긍정적으로 생각하신 사장님께서는 허락과 함께 사진 픽업까지 도와주셨다. 또한, 강연도 함께 진행할 수 있는지 여쭤봤다. 사장님께서는 당연히 한 번을 생각하셨지만 나는 세 번을 말씀드렸고 그렇게 진행하기로 했다. 사진도 8점을 말씀하셨지만 나는 12점을 인화했고 내가 원하는 사이즈의 액자를 맞췄다. 나는 내가 원하는 대로 원하는 것을 말했고 조율하고 선택해나갔다. 처음부터 맞춰서 하지 않았다. 원하는 대로 했다. 원하는 것을 이야기하고 조율해 나갔다. 이렇게 나는 내 삶을 이끌어가는 주인이 되어 선택했다.

지금부터는 사진 인화와 액자를 준비하면 사진전은 끝! 강연 스크립트 만들고 연습하면 강연 준비 끝!

꿈이 이루어지는 순간이지만, 선택하고 결단하고 행동하면서 안 될 수도 있다. 어쩌면 불가능하다고 생각한 것을 도전한 것이니 안 되는 것이 맞을 수 있다. 그리고 선택 훈련을 하지 않으면 가장 중요한 순간 주저하고 망설이고 포기하게 된다. 그러니까 틀리고 맞고가 중요한 것이 아니라 그 모든 것을 느끼고 배우기 위해 해야 한다. 이렇게 선택의 결과를 통해 스스로 계속 깨달아야 한다. 그러면 원하는 목표를 성취할 수 있고 성장할 수 있다.

책 출판 계약

내가 계획한 데드라인은 내일 오전까지였고 현 상황에서 이 데드라인에 맞춰야 할지… 아니면 조금 유연하게 일정 변경을 해야 할지 고민했다.

글을 완성 시켜야 한다는 생각에 첫 목차 주제부터 글을 적어나가기 시작했다. 그러다 보니 당장 다음 날 출판사에 연락해 투고해야 했는데 글 완성을 하지 못해 투고할 수 없는 상황에 이르렀다.

처음 내 계획은 제주도&울릉도 글 정리하고 출판사에 연락해 정리한 글을 투고해서 계약을 먼저 하는 것으로 행동계획을 짰는데, 책을 완성하겠다는 생각으로 목차를 정하고 처음 목차부터 글을 적다 보니 계획대로 행동하지 않아 아무것도 되지 않았다.

이걸 너무 늦게 깨달아 처음 주제부터 적던 글은 제쳐두고 다시 원래 계획대로 제주도&울릉도 글 수정 작업을 하고 정리했다. 글이 완성되지 않았지만 원래 계획대로 하기로 결단했다. 그 이유는 그렇게 정했기 때문이다. 예정대로 정리한 글과 프롤로그, 기획서를 준비했고 출판사 3곳에 투고했다. '나처럼 준비가 안 된 상황에서 투고를 한 사람이 있을까?'라는 생각을 했지만 추후 부족한 거 채워서 추가로 또 보내면 되니까. 그렇게 나는 출판사 3곳에 투고를 마쳤다. 그렇게 계획했던 행동계획에 맞게 행동했다.

할 수 없는 이유는 넘쳐나는데 그럴 때마다 그것을 다 따르면 결국 어마어마한 사람만이 목표를 이룰 수 있게 된다. 반대로 말하자면 그렇지 않은 사람은 아무것도 하지 못한다. 지금까지의 나는 이런 상황에 맞았을 때마다 '안 되는데 어떻게 해야 할까?, 준비를 더 해야 할까?'라며 미루는 것을 반복했다. 만약 이 모든 것들을 따랐다면 어떻게 되었을까? 제주도 첫날 더 이상 할 수 없을 정도로 심각하게 아팠고 코피가 흐르는데 글을 쓰고 투고할 수 있었을까? 사진전을 제시간에 개최할 수 있었을까? 하지만 이런 고민의 결과에도 그래도 하겠다고 그리고 했기에 꿈만 꾸던 모든 것들이 현실이 되었고 완전히 달라질 수 있었다. 보통 계속해서 고민한다. 그래서 그럼에도 할까? 아직은 아니네. 하지만 나는 다른 결정을 했기에 해내고 있었다. 내가 실력이 있어서, 준비되어서 위대한 결정을 내렸다는 것이 아니라 계획대로 가기 때문에 위대한 목적지로 계속 나아가고 있었다.

#"최선을 다했나?"

그 상황에서 "최선을 다 해봤냐?"이다. 최선을 다 했는데도 안 된다면 왜 안 되었는지 배우고 깨달을 수 있고 다음엔 어떤 다른 접근 방법으로 해야 하는지 다음 스텝이 나온다. 그렇게 목표를 향해 조금씩 가까워질 수 있다. 그래서 "나는 최선을 다했나?"라는 질문을 수시로 했다.

출판사 3곳에 투고를 마무리했지만 "최선을 다했느냐?"라는 질문에 나는 '아니다'라는 답을 내렸다. 그리고 연락이 오지 않으면 나는 또 시간을 쓰게 될 거고 시간을 쓰면 또 미뤄지고 그럼 그다음에는 앞으로의 진행시간까지도 밀릴 것이었다. 그래서 에세이를 주로 하는 출판사 130곳 List를 먼저 만들었고 5시간 동안 메일을 보내며 출판사 130곳에 원고를 투고했다. 그렇게 내가 할 수 있는 최선을 다했다. '아 이젠 그만해도 되겠다, 난 내가 할 수 있는 최선을 다했다.'

만약 투고한 출판사에서 연락이 없다면, 1인 독립출판을 진행해 내가 원하는 날짜에 책을 출판할 것이었다. 왜냐하면, 책 출판이 목표지, 출판사와 계약을 맺고 출판을 한다고 하지 않았기에. 이렇게 본질을 생각하며 나는 오늘도 나아갔다. 결과는 어떻게 될지 모른다. 어차피 내가 원하는 대로 인생은 안 흘러가니까.

#기부, 조금이나마 감사함의 표현해봅니다

첫 전시인 만큼 사진판매도 해보고 굿즈를 만들어 수익금은 전액 기부도 해보려고 했다. 사진이 팔릴 수 있을까? 하는 걱정을 했다. 어차피 하는 거 그냥 상상하는 대로 해보자는 생각으로 기부를 결정했다. 수익금을 어디에, 어떻게 사용해야 할지 몰랐지만, 수익금은 모두 기부하기로 결단했다. 오시는 분들, 더 나아가 손님들에게 사진작품과 엽서를 제작해 판매해서 소소하게 부담되지 않고 나눌 수 있는 방법까지 구상했다. 나는 정말 바닥에서부터 시작했다. 그래서 작은 관심과 사랑도 네겐 너무나도 크게 다가왔고 도와주는 분들이 너무 감사했는데 기부를 통해 그 감사함을 표현해보려고 한다. 왜냐하면, 지금의 나를 있게 해준 분들이기에. 부모님, 누나, 매형, 선생님, 멘토님, 친구들에게 진 빚과 감사함을 표현하는 방법이라 생각했기에. 정말 많은 분들의 관심과 사랑, 그리고 도움으로 여기까지 왔다. 항상 그 감사함을 내 가슴 속 깊숙한 곳에 새기며 잊지 않고 살아왔는데 이번 기부를 통해 조금이나마 감사함을 표현하는 하나의 방법이 되지 않을까 한다.

<**"모든 것은 선택이 끝이다"**>

1. 일상에서 발견한 나의 모습은 어떤 모습인가요?

2. 내가 원하는 세상은 어떤 모습이고 그 세상에서 어떤 내가 되고 싶나요?

3. 두 질문을 통해 그럼 나는 어떤 선택을 하실 건가요?

29살 내가 지금까지 살아오며 치열한 도전 끝에 나온 온전한 질문 List 3가지를 만들었다. 이 질문들이 누군가에겐 도움이 안 될 수 있고 정답이 아닐 수 있다. 29살 인생을 완전히 새롭게 시작하는 그리고 도전하는 윤재백의 투박하지만 어설프지만 화려하지 않지만 앞뒤가 안 맞지만 그럼에도 진실되고 진정성 있고 참되고 열정적인 모습을 담은 내겐 정말 소중하고 특별한 질문들이었다. 내 현재 성장 상태에 맞게 사람들에게 진심으로 도움이 될 수 있는 질문들을 심도 있게 고민해서 뽑았다.

이렇게 모든 사진전&강연 준비를 마쳤다.

#현실이 꿈이 되는 이유는?
"그럼에도 불구하고 한다."

"책을 출판하고, 강연을 하고, 사진전을 개최하고, 안 하고 보다, 이렇게 시도한 것 자체가 인생의 기적이 아닐까? 이런 꿈을 실천한 다는 행위 자체가 얼마나 위대한 것일까? 결과가 과연 중요한 걸까? 일반적으로 이렇게 살면서 마치 이룬 것처럼 실천해본 적이 언 제였을까? 인생에서 이렇게 살아갈 수 있는 것 자체가 어마어마한 축복이 아닐까?

우리는 자신감이 있어서 하는 게 아니라, 자신감을 갖고 하는 것이다. 내 상황에 맞춰 그대로 하면 된다. 더 많은 것을 하려고 하기에, 또는 더 넘치게 하려고 하니까 어려움을 겪는 것이다. 그러니 최종 적 상황에서 내 상태에 맞추면 된다.

내게 결과는 중요하지 않았다. 이미 과거랑 다른 삶을 살기에 이 모든 것이 선물이었다. 그러니 더 자유롭고 더 당차게 더 신나게 더 즐겁고 더 행복하게 도전해나가려고 한다.

#감정을 따라가지 않고,
  행동 계획을 따라 행동한다

 꿈을 꾼다는 것은 100% 좋은 감정만을 느끼는 것이 불가능에 가깝다. 그러니까 내가 원하는 것을 하기 위한 과정에서 수많은 감정을 느끼는 것이 가능하다. 수많이 감정이 나타나고 오만가지 생각을 하고 모두 괜찮다. 그거 또한 과정이다. 그렇지만 그럼에도 불구하고 해야 하는 행동 계획은 해내야 한다.

 행동 계획을 따라야 하는 건 잘 알지만, 또 마음처럼 쉽지가 않다. 그래서 나는 나 자신을 있는 그대로 인정해주고 바라봐준다. 부정적인 감정이 떠오르고 몸이 움직이지 않을 때 나는 나 자신에게 상처 주지 않기 위해서 노력한다. 스트레스와 부정적인 생각이 단번에 완전히 회복하는 일은 결코 일어나지 않기에 있는 그대로를 바라봐줘야 한다. 내가 다치면 회복하는 시간이 더 오래 걸리기 때문에.

 이때 필요한 덕목이 지혜와 용기인데 지혜는 지금 있는 그대로를 직시하고 현재 가장 효과적인 선택을 할 수 있는 능력을 말하며 용기는 이 상황이 달라지기를 바라지 않고 현재의 순간에 머물 수 있는 능력을 말한다.

1시간, 2시간 혹은 5시간, 시간이 지나도 안 괜찮아질 때도 있다. 현재의 나를 그대로 인정하고 있는 바라봐주며 동시에 행동 계획에 대해 의식한다. 그리고 괜찮아지는 순간이 찾아오는데 그때 아무 생각하지 않고 즉시 행동 계획에 맞게 행동한다. 그렇게 하루, 이틀 쌓이고 다음 스텝으로 넘어가면서 내가 원하는 모든 것들을 이뤄낼 수 있었다.

감정에서 빼놓을 수 없는 것이 '비교'다. 오직 어제의 나랑만 비교하라는 조던 피터슨 명언이 있는데 우리는 출발선이 다르다는 것을 잊으면 절대 안 된다. 비교는 나를 비참하게 하거나 교만하게 한다고 했다. 우리는 각자의 가정환경이든 경제적 상황이든 자신을 둘러싼 환경이나 조건이 다른데 즉 출발선이 다르다. 그러하기에 지금까지 내가 얼마나 성장해 왔는지 어제의 나와 비교 해야 한다. 일반적으로 비교를 할 때 상대방이 최고점을 찍었을 때 하이라이트와 현재의 나를 비교하는데 말도 안 되는 것이다. 비교하지 말자.

꿈을 이뤄가는 과정에서 나를 시기 질투하는 사람이 있었다. 이때도 부정적인 생각에 빠질 수 있는데 주변 사람들의 반대 혹은 질투 및 부정적인 생각은 내가 꿈을 이루는 그 순간 다 바뀔 것이다. 그들이 잘못 생각했다는 것은 내가 꿈을 실현함과 동시에 결과를 듣고 바뀔 것이다.

그러니 가장 나답게 계속해서 나아가면 된다.

#2주 후, 모든 꿈이 현실이 되다

이렇게 나는 제주도&울릉도 2주의 과정, 2주 동안

1) 책 쓰기 - 출판사 130곳 투고 및 출판사 3곳에서 출판 제안.

2) 사진전 개최 - 사진작품 7점이 팔렸고 모든 판매 수익금은 고
등학교 모교에 공부를 열심히 하려는 도움이 필요한 친구에게 전액
기부.

3) 강연 - 3회 예정이었던 강연, 기회가 있어 4회 진행.

언젠간 하겠다며 꿈꿔왔던 모든 꿈을 단 2주 만에 이뤄냈다.

이 모든 것을 하는데 얼마나 어색하던지. 호칭이 작가님이 되었고
벽면에 내 사진이 걸렸고 손님을 맞이하는 거, 꽃다발 받은 거, 진심
으로 축하해주는 사람들. 나는 다짐했다. 더 많이 어색하게 살려고.
더 많이. 내가 못하는 거 안 해본 거 태어나서 잘 모르는 거 기꺼이
실천하고 시도하고 도전하고 행동하면서. 참 너무나도 멋진 말 아
닐까? 선택하고 결단하고 도전하지 않는 사람은 차마 뱉을 수 없는

위대한 단어다.

"어색함" 그래서 나는 더 많이 어색하게 살기로 했다.

책을 쓰고 있는 지금, 정말 내가 원하는 방향으로 책을 출간할 수 있는 멋진 출판사 대표님을 만나 출판 계약을 했고 책을 마무리하고 있으며 모교에서 2회 강연했고 해병대에서 강연을 하며 수입을 얻게 되었다. 또한, 인스타그램을 보고 연락 온 비영리 단체 사업을 하시는 대표님께서 강연 부탁을 하셔서 진행하게 되었다. 이렇게 나는 저자님, 작가님, 사진작가님, 강연가님, 대표님 등 한 달 안에 이 모든 나를 대표하는 호칭들이 생겼다. 이렇게 나는 정말 믿을 수 없는 기적 같은 하루하루를 살고 있다.

요즘, 내가 가장 많이 하는 말이 있다.
"꿈속에서 살고, 꿈꾸고 상상한 모든 것들을 현실에서 매일매일 이뤄가면서 살고 있다고."
지금에 감사하며 겸손하게 나아가겠다.

#"꿈은 현실로, 현실은 꿈처럼"

아버지의 죽음, 나는 그때 알았다. 죽음이라는 거, 아무것도 아니란 것을. 누구나 죽는 거고, 그냥 죽으면 끝이라는 것을. 그렇기에 그때부터 죽음에 대한 두려움이 없어졌다.

인생은 짧다. 그렇기에 한번 사는 인생 의미 있는 삶을 만들어가려면 내가 하고 싶은 거 하면서 세상에 도움 되는 것들을 해야 한다는 생각을 갖고 있다. 그렇다고 해서 내가 못하면 어떨까? 더 훌륭하고 멋진 사람들이 할 건데. 그렇지만 나는 도전한다.

언제가 될지 모르겠지만 나는 재단을 설립하겠다는 꿈을 가지고 있다. 사회적으로 내재 되어 있는 문제를 해결하고 조금 더 살기 좋은 세상을 만드는데 이바지하는 목표가 있다. 그 수단으로는 사업을 할 생각이다. 아직까지 어떤 사업을 하겠다는 구체적인 사업 계획은 없지만 선구자로써 세상에 없는 존재하지 않는 것들을 만들고 창조해 더 멋지고 행복한 세상을 만드는데 이바지할 것이다.

아직까지 명확한 방법을 모르기에 나의 궁금증과 호기심에서 시작한다. 나를 뛰어넘는 도전을 통해 대체 불가능한 사람이 되고 독보적인 존재가 되어 경험과 지식을 축적해 나아갈 것이다. 현재는 전 세계에 대해 궁금증이 많다. 정확히 그림을 그리지는 못했지만, 큰 틀에서는 대륙별로 다니면서 하나의 도전을 할 것이다. 그 도전들을 통해 '도전은 내가 원하는 것들을 이뤄나가며 가장 나답게 자유롭게 행복하게 사는 열쇠'라는 메세지를 전달할 것이며 현재 내 위치에서 줄 수 있는 것들을 책, 강연, 영화, 음악, SNS(인스타그램, 유튜브) 등을 통해 사람들에게 나눌 것이다. 그렇게 나만의 세상을 만들어나갈 것이다.

누가 들으면 꿈꾸고 있네? 라고 할 수 있다. 맞다. 꿈이다. 나는 꿈꾸는 것들을 모두 현실에서 이뤄내면서 살아왔다. 이거 또한 될 수도 있고 안 될 수도 있겠지. 결과야 어떻든 최소 내가 원하는 삶이었기에 스스로 만족하는 행복한 삶을 살고 있을 것이다.

상상해보자. 이렇게 1년을 살고 1년 후 내 모습은 어떻게 변해있을까? 몇 권의 책, 몇 번의 강연을 했을까? 어떤 나라에 있을까? 무엇을, 어떤 도전을 하고 있을까? 그다음 1년 후 새로운 목표를 세우고 꿈을 꾼다면 어떤 꿈을 꿀 것이며 무엇을 하고 있을까? 5년 후에는 어떤 사람이 되어 있을까? 10년 후에는? 지금으로써는 정말 상상할 수도 없이 무시무시한 사람이 되어 있을 것이다. 그땐 내가 세상에 해결하고 도움 될 수 있는 일을 찾아 사업하고 있을 수 있지 않을까? 어쩌면 여전히 나를 넘는 도전들을 계속하면서 살아갈 수도 있겠다. 아니면 재단을 설립해서 꿈을 실현하며 살고 있지 않을까? 상상만 해도 기분이 너무 좋다.

이렇게 꿈을 적어보면 어떨까? 그렇다고 해서 꿈을 이루지 못하면 또 어떨까? 하지만 그 꿈을 적는 것, 그래서 이렇게 도전할 거다. 그 자체만으로 너무 멋지지 않은가?

그래서 물어보고 싶다.
여러분들의 꿈은 무엇이냐고. "꿈이 뭐예요?, 꿈을 적어보면 어떨까요?"

나는 꿈 때문에 이렇게 이 모든 것들이 현실이 되었다. 당장 다음 달, 혹은 올해 내년 5년 뒤 꿈은 무엇인가요?

"우리가 위대한 이유는 꿈을 이뤄서가 아니라 꿈을 꾸기 때문이다."

#사랑하는 나에게 하고 싶은 말

독한 건 이제까지 충분히 하면서 살아왔으니, 이제는 행복한 윤재백으로 살 것이다. 독한 윤재백이 아닌, 매 순간 행복하고 즐거운 그리고 나를 찾아가는 윤재백을 만날 수 있도록 스스로에게 기회를 주려고 한다.

앞으로는 계속해서 원하는 대로 선택하고 행동하며 개척하며 살겠다. 앞으로는 가장 나답게 살 것이다. 나 자신을 사랑하고 끝없이 나를 넘는 도전을 하며 행복하게 즐겁게 나아갈 것이다. 그 길 끝에, 내가 진정으로 원하는 그 윤재백이 기다리고 있을 거니까.

너무너무 고생 많았고 수고했어 재백아. 그냥 매순간 드는 그 감정들 충분히 느끼고 즐기고 배우고 감사해하며 내 선택을 믿고 나아가자. 멋진 삶을 향해 나아가보자! 사랑한다, 윤재백.

위대한 도전자 윤재백.

기적의 도전자 윤재백.

세상을 바꿀 윤재백.

역사를 만들 윤재백.

원하는 대로 만들어나가는 윤재백.

꿈을 현실로 만드는 윤재백.

과정과 결과를 모두 누리는 윤재백.

윤재백은 그냥 윤재백으로 살면 된다.

더 말할 게 없다.

끝!

감사합니다.

이동진 코치님께

새로운 인생을 선물해주신 이동진 코치님께

켈리스를 통해 알게 되고 〈도전스쿨〉에서 만나 뵌 이동진 코치님은 나에게 인생의 스승이자 멘토이자 조력자이다.

성공한 사람은 인생에서 적어도 꼭 한 번은 귀인을 만난다고 한다. 이동진 코치님은 내게 가장 강력한 무기이자 방패이자 러닝메이트인데 언제나 변함없이 지속적인 지지를 보내며 해낼 것이라고 나보다 더 나 자신을 굳건히 믿어주셨다. 그러했기에 지금은 가장 나답게 내가 원하는 대로 선택해서 살아가고 있다. 그렇게 나는 이동진 코치님을 만나고 정말 윤재백, 나 자신으로써 진짜 내 인생을 살고 있다.

"감사합니다, 감사합니다, 정말 진심으로 감사합니다." 이동진 코치님께 수도 없이 감사하다고 말씀드렸다. 감사하다며 울기도 하고 웃기도 하며 감사하다는 말을 정말 수없이 했다. 코치님을 만난 건 내 인생에 정말 엄청난 선물이자 말도 안 되는 기적이다. 그러하기에 나도 코치님과 같은 '사람 살리는' 인생을 살려고 한다.

벌써 엄마를 살렸고, 가족을 살렸고 무엇보다도 내 인생을 살렸다. 나아가 강연 때 만나는 사람들, 수많은 주변 사람들을 살리는 사람으로 세상에 더 많은 사람들에게 빛과 같은 사람이 될 것이다. 이 마음이 내가 코치님께 감사함을 표현할 수 있는 방법이라고 믿는다.

나는 반드시 잘되어야 한다. 나를 위해서도 잘 되어야 하지만 무엇보다도 내 가능성을 알아봐 주고 관심 가져주고 사랑을 주신 분들에게 보답하기 위해서라도 꼭 잘 돼서 믿음에 보답할 것이다. 내가 가진 이 고마운 마음, 진짜 사랑이 필요한 사람들에게 나눌 것이다. 그렇게 더 많은 사람들에게 빛나는 존재가 되어 감사한 마음, 세상에 돌려주겠다. 이렇게 나는 정말 많은 사람들에게 선한 영향력을 끼칠 수 있는 사람이 되겠다.

선물 같은 하루하루를 살아갈 수 있게 기적을 선물해주신 이동진 코치님, 정말 감사드립니다.

마지막으로 현재의 저를 있게 해준 분들께 감사 인사를 드리며 마무리하려고 한다.

이 책의 주인공은 나지만 이 모든 과정에서 이동진 코치님을 포함한 가족들, 선생님, 멘토님, 롤모델, 친구들이 있었기에 이 험난한 여정들을 현명하고 지혜롭게 헤쳐나갈 수 있었다. 혼자였다면 나는 시작도 하지 못했을 것이고 바로 포기하며 아무것도 이뤄내지 못했을 것이다. 매 순간 수많은 시행착오를 겪었지만 내 인생 은사님들을 만나 내가 나아가려는 방향에 대해 정확하게 본질을 깨우쳐주고 효율적인 길을 알려주셨고 가장 빠른 길을 알려주셨다. 그때 그 과정을 심리적으로 다 겪어보셨기에 어떻게 극복해야 하는지 잘 알고 계셨고 내가 지치지 않게 해낼 수 있게 도와줄 뿐만 아니라 즐겁고 행복하게 인생을 살아가는 방법에 대해 깨닫게 해주셨다.

〈우리가족〉 심서윤 엄마, 윤영훈 아빠, 윤유경 누나, 박주영 매형께 진심으로 감사합니다.〈정동고등학교〉 고2 담임 강경화, 고3 담임 윤지혜 선생님 감사합니다.

〈해병대〉 우경곤 반장님, 강병석, 노영종, 강영민, 김지수, 박선호, 안종영, 김시우, 김주남, 유정훈, 김동현, 민경훈, 이창재, 최현수, 박재현, 김승찬, 송현채, 남서우 해병님들 감사합니다.

〈대학교〉 김진숙 교수님, 백유진 교수님, 권보영 교수님, 차홍주, 이정민, 오승탁, 김진희, 김동욱, 강대오, 권용빈, 김희제, 김건호, 여

동훈, 이지은, 심유진, 정재욱, 최우림, 김한별 친구들 감사합니다.

〈대외활동〉 이대연 멘토님, 김현재, 주혜진, 김민겸, 심소은, 이주영, 김승현, '롤모델' 강도연 누나, 이대근 형 감사합니다.

〈영어학원(무적스쿨)〉 Dr. Cho, Terry, Geoffrey, Aaron, Martin, Alvin, Hardy, 장명필 어머니 감사합니다. Amy, Victor, Charlie, Elly, Dave, Logan, Hayes, Zoe, Henry, Eric, Jaden, Jace, Elon, Everdeen, James, Crystal, Julia, Andrew, Jack, Katy, Matt, Mark, Gon, Cohen, Cora, Cooner, Dylan, Cathy, Jamie, Scott, Ella, Yellen, Berkeley 감사합니다.

〈도전스쿨〉 이현주님, 이지원님, 안려님, 이채희님, 이은지님, 이지혜님, 정남님, 최수정님, 선영님, 이현주(리지)님 정말 감사드립니다.

〈친구들〉 조현성, 강지원, 최명광, 윤동현, 이상훈, 김민주, 오세훈, 최형원, 홍민아, 김래영, 김아름, 제갈인, 박윤지, 심영덕, 김하연, 안재영, 신현주님, 황봉선님, 유현정님, 조은 작가님, 양지연 작가님, 김영 작가, 조용훈, 켈리 회장님께 감사합니다.

마지막으로, 하모니북 출판사 박화목 대표님께 정말 진심으로 감사드립니다. 제 인생 첫 책을 출판할 수 있게 가능성을 알아봐셔서 그리고 출판 제의를 해주셔서 세상에 제 이야기를 담은 책을 출간하게 해주셔서 감사합니다.

* 지구를 위해 친환경재생지를 사용합니다.

29살,
나는 내 인생을 살기로 했다

초 판 1 쇄 2022년 8월 5일
지 은 이 윤재백
펴 낸 곳 하모니북

출판등록 2018년 5월 2일 제 2018-0000-68호
이 메 일 harmony.book1@gmail.com
전화번호 02-2671-5663
팩   스 02-2671-5662

979-11-6747-063-8 03810
ⓒ 윤재백, 2022, Printed in Korea

값 15,000원